Grols Verlage

„Bücher sind wie Fallschirme. Sie nützen uns nichts, wenn wir sie nicht öffnen."

Gröls Verlag

Redaktionelle Hinweise und Impressum

Das vorliegende Werk wurde zugunsten der Authentizität sehr zurückhaltend bearbeitet. So wurden etwa ursprüngliche Rechtschreibfehler regelmäßig *nicht* behoben, denn kleine Unvollkommenheiten machen das Buch – wie im Übrigen den Menschen – erst authentisch. Mitunter wurden jedoch zum Beispiel Absätze behutsam neu getrennt, um den Lesefluss zu erleichtern.

Um die Texte zu rekonstruieren, werden antiquarische Bücher von Lesegeräten gescannt und dann durch eine Software lesbar gemacht. Der so entstandene Text wird von Menschen gegengelesen und korrigiert – hierbei treten auch Fehler auf. Wenn Sie ebenfalls antiquarische Texte einreichen möchten, finden Sie weitere Informationen auf www.groels.de

Viel Freude bei der Lektüre wünscht Ihnen das Team des Gröls-Verlags.

Adressen

Verleger: Hermann-Josef Gröls,

Im Borngrund 26, 61440 Oberursel

Externer Dienstleister für Distribution & Herstellung:

BoD, In de Tarpen 42, 22848 Norderstedt

Unsere „Edition | Werke der Weltliteratur“ hat den Anspruch, eine der größten und vollständigsten Sammlungen klassischer Literatur in deutscher Sprache zu werden. Nach und nach versammeln wir hier nicht nur die „üblichen Verdächtigen“ von Goethe bis Schiller, sondern auch Kleinode der vergangenen Jahrhunderte, die – zu Unrecht – drohen, in Vergessenheit zu geraten. Wir kultivieren und kuratieren damit einen der wertvollsten Bereiche der abendländischen Kultur. Kleine Auswahl:

Francis Bacon • Neues Organon • **Balzac** • Glanz und Elend der Kurtisanen • **Joachim H. Campe** • Robinson der Jüngere • **Dante Alighieri** • Die Göttliche Komödie • **Daniel Defoe** • Robinson Crusoe • **Charles Dickens** • Oliver Twist • **Denis Diderot** • Jacques der Fatalist • **Fjodor Dostojewski** • Schuld und Sühne • **Arthur Conan Doyle** • Der Hund von Baskerville • **Marie von Ebner-Eschenbach** • Das Gemeindekind • **Elisabeth von Österreich** • Das Poetische Tagebuch • **Friedrich Engels** • Die Lage der arbeitenden Klasse • **Ludwig Feuerbach** • Das Wesen des Christentums • **Johann G. Fichte** • Reden an die deutsche Nation • **Fitzgerald** • Zärtlich ist die Nacht • **Flaubert** • Madame Bovary • **Gorch Fock** • Seefahrt ist not! • **Theodor Fontane** • Effi Briest • **Robert Musil** • Über die Dummheit • **Edgar Wallace** • Der Frosch mit der Maske • **Jakob Wassermann** • Der Fall Maurizius • **Oscar Wilde** • Das Bildnis des Dorian Grey • **Émile Zola** • Germinal • **Stefan Zweig** • Schachnovelle • **Hugo von Hofmannsthal** • Der Tor und der Tod • **Anton Tschechow** • Ein Heiratsantrag • **Arthur Schnitzler** • Reigen • **Friedrich Schiller** • Kabale und Liebe • **Nicolo Machiavelli** • Der Fürst • **Gotthold E. Lessing** • Nathan der Weise • **Augustinus** • Die Bekenntnisse des heiligen Augustinus • **Marcus Aurelius** • Selbstbetrachtungen • **Charles Baudelaire** • Die Blumen des Bösen • **Harriett Stowe** • Onkel Toms Hütte • **Walter Benjamin** • Deutsche Menschen • **Hugo Bettauer** • Die Stadt ohne Juden • **Lewis Caroll** • *und viele mehr….*

Inhalt

Ludwig Anzengruber

Der Meineidbauer

Volksstück mit Gesang in drei Akten

Personen:

Matthias Ferner, *der Kreuzweghofbauer*
Crescenz *und* **Franz**, *seine Kinder*
Andreas Höllerer, *der Adamshofbauer*
Toni, *sein Sohn*
Der Großknecht
Burgei, **Mirzl**, **Waberl**, **Annerl** *und* **Gretl**, *Mägde am Adamshofe*
Muckerl, *Kühjunge*
Die alte Burgerliese
Jakob *und* **Vroni**, *ihre Enkel*
Levy, *ein Hausierer*
Die Baumahm
Rosl *und* **Kathrein**, *ihre Nichten*
Der Bader von Ottenschlag
Erster *und* **Zweiter Schwärzer**

Erster Akt

Hofraum eines Bauerngehöftes.

Hintergrund offene Scheuer, durch welche man in den Garten sieht. Rechts und links ebenerdige Gebäude. Links Herrenhaus, schließt sich an die Scheuer. Rechts Gesindehaus, das nur bis zur letzten Kulisse läuft, hinter welcher alle Personen, die von der Straße kommen, auftreten. Vorne rechts ein Ziehbrunnen, vor welchem eine Bank zum Daraufstellen des heraufgewundenen Eimers und der zu füllenden Gefäße; unmittelbar vor dem Brunnen liegen ein leerer Eimer und eine Gießkanne.

Erste Szene

Großknecht *(aus dem Hause rechts. Wie alle Personen in diesem Akt im Sonntagsstaat, Fünfziger, graumeliertes Haar, gebräunte, markierte Züge, schlägt Feuer für seine kurze Pfeife und kommt dabei vor, bis wo Gießkanne und Eimer liegen, wo er stehenbleibt, leicht mit dem Fuße dagegen stoßend).* Holla! Da hat's wieder eine gnädig g'habt, daß s' ja die erste Mess' nit versäumt! Glaubet einer, wie ihnen um den Kirchgang is und wie frumm die Dirndl sein! Ja, den Buben z'lieb geh'n s' hin! Dö Grasteufeln macheten unsern Herrgott selbst zum Kuppler! – Bei mir muß die Kirch' ruhig sein, dös jung G'fliederwerk kann ich drein nit brauchen, ich nimm allweil mit der zweit' Mess' vorlieb, dö erst', die Großherrn- und Verliebt-Leut'-Mess', wo sie sich in die Kirchstühl' breit machen und im Kirchgang an die Vortuchbandeln zupfen und auf d' Füß' treten, dö paß ich allmal ab! *(Setzt sich auf die Brunnenbank, schlägt wieder Feuer.)* Naß is er word'n, der Sakra, und will nit brennen! *(Schmaucht.)*

Zweite Szene

Voriger. Vroni, Sonntagsstaat, nur eine blaue Schutzschürze vor, tritt, eine Gießkanne ausschwenkend, durch den Garten auf, sie hat in der Linken eine Nelke, die sie nach dem Lied ins Mieder steckt.

Auftrittslied

Zwei Nagerln an oan Stingel,
dös bin ich und mein Schatz,
und da find't koan dritter
dazwischen oan Platz!

Mei Mahm hat mich ausg'lacht!
„Warst dös du und dein Schatz,
da findet leicht a Knösperl
z'neb'n enk zwa no Platz!"

Ah, sag ich, beileib net,
ich bin no sei Weib net! –
Ich bin koan hitzige Mirl.
Was mer braucht, muß mer hon!
Der Nagerlstock a Garteng'schirrl
und a rechte Dirn' oan' Mon!

(Jodler.)

Großknecht.
Du bist's, Vroni? Und noch derheim? Hätt mir's denken können!

Vroni.
Ich war im Garten, gießen!

Großknecht.
Ich weiß's! Wer was derwart', macht sich gern was z'schaffen, 's vergeht die Zeit dabei.

Vroni *(schnippisch)*.
Kann schon sein!

Großknecht *(nickt rauchend)*.
Is eh so!

Vroni *(rückt ihm mit der Gießkanne auf den Leib)*.
Geh, ruck lieber vom Bankel weg, daß ich mein' Gießkanne füll'n kann.

Großknecht *(bewegt sich nicht)*.
Hast du aber Eil'! Du kommst mir grad' g'leg'n – ich hätt mit dir z' red'n!

Vroni *(mit spöttischem Knicks)*.
Jesses, die Ehr'! Der Großknecht, von dem koan' Dirn' im G'höft jahraus, jahrein ein anders Wörtl noch g'hört hat als „gut'n Moring" und „gute Nacht" – du vergibst dir aber viel, wann d' mit mir, dem jüngsten, geringsten Dirndl da im Dienst, red'st!

Großknecht *(sieht sie groß an)*.
Wann du auch, was ich schon lang weiß, kein' Respekt vor mir hast, so könnt'st doch die Faxen sein lassen; dös sein dumme G'spaß! – Du kannst's a nie g'raten, wenn nach 'm Tischgebet alles still is und ich mein' Löffel sauber putz, bevor ich als erster in die Schüssel lang, zu deine jüngern Kameradinnen nüber z'blinzeln, und das is dann a Getupf mit die Ellbög'n unterm Tisch, und da wischt ihr euch 's Maul, bevor ihr noch ein Bissen drein habt's! – Alle können doch nit z'gleich in die Schüssel langen, einer muß der erste sein, und dös is mein Recht, dafür bin i Großknecht – merk dir's!

Vroni.
D' Welt fallet a nit z'samm, wann 's Essen als ein ang'richtes auf 'n Tisch kommet und jeder sein' eignen Teller hätt!

Großknecht.
Dös weiß ich, daß du was Extras haben möcht'st, dös liegt im Blut, so war deine Mutter auch!

Vroni.
Du wirst auch viel wissen, wie mein' Mutter – Gott hab s' selig – g'wesen is.

Großknecht.
Ich glaub doch und eben derentweg'n will ich mit dir reden, eh's z' spät is! – Wir zwei, ich und sie, sein drüben in Ottenschlag miteinander aufgewachsen und in die Schul' gangen. – Dein Ahnl – die noch jetzt dort hoch im Gebirg ihr' Schenkwirtschaft „Zur Grenz" betreibt – kennt mich als klein' Bub'n. Ich war kaum so – *(zeigt es)* wie sie g'heirat hat. – Dein'

Mutter is a Jahr drauf auf d' Welt kommen, und grad wie ich in der letzten Klass' mit 'n Esel um 'n Hals rausg'standen bin, hat sie in der Taferlklass' ihren ersten Tatzen kriegt. Später sein wir z' gleicher Zeit von Ottenschlag weg und sein alle zwei beim Kreuzwegbauer in Dienst treten. – Bekannt von klein auf, unter wildfremde Leut' in ein Dienst, hab'n wir uns tröst', wenn uns a Heimweh ang'fall'n hat, und uns gegenseitig in Schutz g'nommen, wann d' andern wie brütige Gäns' über eins von uns herg'fallen sein! Kein Wunder, daß ich – damal a frischer Bursch – in sie geschossen bin, freundlich is s' g'west mit mir – und a bildsaubre Dirn! – Du bist ihr wie aus 'm G'sicht geschnitten, gleichwohl war s' noch säubrer wie du! *(Läßt, in ihr Anschauen versunken, die Hand mit der Pfeife sinken und sagt vor sich hin:)* Sauber war s' – bildsauber!

(Kleine Pause.)

Vroni *(hat den Eimer umgestülpt und sich auf denselben gesetzt.)* Erzähl weiter von meiner Mutter!

Großknecht *(zieht den Arm mit der Pfeife in den Schoß zurück und senkt etwas den Kopf).*
Anfangs is alles gangen, wie's recht is unter Liebsleut' mit ehrliche Absichten – *(seufzend).* Aber daß ich dir sag, damals war grad der alte Kreuzwegbauer g'storb'n und war'n zwei Buben da, der ältere, der Jakob, dem alles g'hört hat, und der jüngere, der Matthias, der halt mitg'schafft hat im reichen G'höft. Der Jakob, der damalige Kreuzwegbauer, der hat's gern mit die Weibsleut' g'halten; da hat manche davon z' pfeifen g'wußt im Ort, die er ang'setzt hat; der hat deine Mutter nur z' sehen braucht – verstanden hat er, was sauber is –, so is er ihr auch nachg'stiegen. – Mein Gott, die Weibsleut' sein allweil so g'west, was ihnen bei ein' G'ringern a Schand brächt', do setzen sie mit ein' Reichen, Vornehmen a Ehr' drein... sie is bald mit ihm gangen. Ich war damals rein a blind' Tobias g'west, und kein Engel is kämma, der mir mit der Fischblattern d' Augen ausgewischt hätt, was s' mir a z' G'hör g'red't hab'n, ich hab nix davon glaubt, und erst wie ich g'merkt hab, sie weicht mir aus, hab ich der Sach' woll'n auf 'n Grund kommen. „Vroni“, hab i g'sagt – sie hat so g'heißen wie du – „Vroni“, hab i gesagt – „du bist schon mit 'n Bauer bei

die Leut' im G'red'!“ – Da hat sie 's Maul verzog'n und g'lacht und g'sagt: „Wann's wär, gang's wen was an?“ Sag ich: „Gang's mich auch nix an?“ – Sagt sie: „Dich zum allerwenigsten! Is zwischen uns zwoa was vorg'fall'n?“ – Sag ich: „Nix Unrechts nit!“ – Da streift s' ihr Vortuch glatt und sagt: „Aus ist's!“ – Auf dös sag ich: „Fürcht dich nit, heut steh ich noch aus 'm Dienst; der Kreuzwegbauer wird mich gern los sein, er hat dich um so sicherer! Jetzt b'hüt dich Gott! Ich weiß, du träumst, du würdst leicht Kreuzwegbäu'rin, ich tät dir's wünschen – aber Vroni, du bist nit die erst' und wirst nit die letzt' sein, die der in die Schand' bringt; wann d' dem vornehmen Herrn amal z' g'ring bist, wann d' dich nimmer ausweißt, dann komm zu mir!“ Bin gleich zum Kreuzwegbauer, der hat tan, wie ich vorg'sagt hab, er hat mich mit Freuden gehn lassen. Ich aber bin in der nämlichen Nacht noch fort, es ist mir schwer ums Herz g'wesen wie nie mein Lebtag und ich hab glaubt, es müßt mir die Brust zerspringen, wie mir's weh g'wesen is! – So bin ich daher kämma, nach Altranning, daher auf'n Adamshof, wo ich jetzt noch bin!

Vroni.

Hast dich nimmer um sie umg'schaut?

Großknecht.

O wohl! A Jahrl drauf hab ich g'hört, sie is mit ein'm Bub'n niederkommen, das war dein Bruder, von dem man jetzt nicht weiß, was aus ihm worden is – gleichwohl war s' noch a ledige Dirn! Da bin ich nüber nach 'm Kreuzweghof und hab mit ihr g'red't, hab ihr g'sagt: „Vroni, schau, sei gescheit, du bist wohl jetzt in der Schand', aber trau mir, ich nimm dich doch noch, der Bub' soll auf'zog'n werd'n bei uns, was braucht denn so a Haserl? Wird er größer, schafft er mit in unsrer Wirtschaft und verdient sich sein kloan' Leben, geh mit mir, ich hab a alte Mahm, die gibt mir ihr' kloan' Wirtschaft in B'stand!“ – Da hat s' g'weint und g'sagt: „Du bist mein rechter Freund, ich komm zu dir. Heut noch red ich mit 'm Kreuzwegbauer!“ – G'red't hat s' mit ihm, so viel is g'wiß, und der wird schön g'lacht hab'n über den Simpel, der 's Nest samt 'in Kuckuck kaufen will, aber die Vroni war ihm noch zu neu – *(dreht die Pfeife ins Rohr, daß diese zerbricht, und wirft die Stücke zur Seite)*. – Nochmal hat er s' ang'setzt

– und da bist du kämma – und sie is wie früher die Zuhälterin vom Bauer g'wes'n! – Von dem, was nachher kämma is, wirst vielleicht manches selbst wissen! Paar Jahrln sein drüber ins Land gangen, wo s' dich und dein' Bruder hab'n auf 'm Kreuzweghof mit die Hendeln und die Geiß rumrennen lassen, weil's einmal dag'wesen seid's! Auf amal hat's g'heißen, der Kreuzwegbauer hätt dein' Mutter endlich doch heiraten woll'n und hätt sich drum mit seine Leut' überworfen und auf einer Reis' nach Wien – wo er dein' Bruder auch mitg'nommen hat – hätt er woll'n alles ins reine bringen; er is aber krank word'n und dort im Spital g'storb'n! Dein' Mutter hat sich drauf verlassen, daß a G'schrift da is oder daß 'm Bauer sein Wort gilt, und hat drum ein' Prozeß ang'fangt – der Matthias, der durch 'n Tod von sein' Bruder Kreuzwegbauer und euer Vormund word'n is, hat a Weil' zugeschaut und dein' Mutter auf 'm G'höft lassen – kein Testament hat sich aber nit g'funden, der Prozeß is für euch verlor'n gangen, und wie das war – hat er euch hinausg'jagt in Elend und Schand'!

Vroni *(schüttelt traurig den Kopf)*.
Warum denn erzählst dem Kind die Schand' seiner Mutter?

Großknecht *(aufstehend)*.
Daß d' dir a Beispiel draus nimmst! Du bist auf 'm Weg, die nämliche Dummheit z' machen. *(Tritt zu ihr und legt ihr die Hand auf die Schulter.)* Dös is nit der erste Sonntag, den du, wann's Gesind' in der Kirch' is, da hintri in' Garten schleichst und auf 'n Bauerssohn wartst!

Vroni *(steht auf, trotzig)*.
's is nit der erste!

Großknecht.
Aber der letzte – wann d' g'scheit bist! Du wirst so wenig Bäurin da am Adamshof, als wie's dein' Mutter drüben vom Kreuzweghof worden is!

Vroni.
Ich weiß nit, warum dich gar so harbst, weil mich der Toni gern hat?!

Großknecht.
Verlaß du dich da drauf! Glaubst du, sein Vater redet da nix drein, wann er dahinter kämmet! Damit 's d' es nur weißt, du kannst dich nit mal wie

dein' Mutter mit ein bissel Hoffnung zum Narren halten, denn dich kann der Toni nur in die Schand', aber nie mehr zur Ehr' bringen, weil er schon a Weil' neben dir auch mit der Crescenz vom Kreuzwegbauer geht.

Vroni.

Du lugst! – Dem Kreuzwegbauer sähet's wohl gleich, daß er sein' Crescenz gern daher auf 'n Adamshof als Bäuerin setzet, damit nur ich nie da schaff und schalt – er war mir von Kind auf feind – aber so tut der Toni nit!! Du weißt nit, wie wir zwei miteinander stehn! Meinst, ich bin ihm nachg'laufen? Nein, er is zu mir kämma! – Wie s' uns vom Kreuzweghof wegg'jagt hab'n, sein wir zur Ahnl nach Ottenschlag gangen und dort blieb'n – bis zur Mutter ihr'n Tod. – Der Toni hat ihr bis zu ihr'm End' viel Guts tan, weil er g'sehn hat, wie mir ihr Elend z' Herzen geht – darum bin ich ihm gut word'n, und wie er mich an ihr'm Tot'bett g'fragt hat, ob ich ihn leiden könnt, hab ich ihm g'sagt, wenn er's ehrlich meint, könnt ich 'n wohl gern hab'n! – Auf dös hat er mich von dort weggenommen und daher an' Adamshof bracht, weil bei der Ahnl in der Schenk' Juden und Pascher einkehr'n, öfter g'schwärzte War' verstecken und dös alte Weib – der Herr besser's in der Sterbstund' – koan' Gott und koan' Glauben hat! Er braucht a frumm' christlich' Weiberl, hat er g'sagt.

Großknecht.

O freilich, dö Hauptchristen in dö geschnitzten Kirchstühl' hab'n d' frummen Dirndl gar gern, dö sich ohne G'schrei in all's dreingeb'n! – Aber dös hat dir der Bauerssohn doch nit g'sagt, daß's ihm schon von klein auf b'stimmt war, die Crescenz vom Kreuzwegbauer z' frei'n?!

Vroni.

So mag's unter die andern abkartelt sein, aber der Toni kann da nit mittun! Zu was hätt er mir nachher damal zug'red't, daß ich von der Ahnl fortgeh? Glaubst, dem alten Weib hat's nit weh tan, wie ich von ihr bin? – Sie hat mir eh droht, ich käm ihr doch nochmal z'ruck, wie mein' Mutter ihr kämma is! *(Ernst.)* Der Toni kann nit „ja" sag'n!

Großknecht.

Aber „nein" muß er doch auch nit g'sagt hab'n! – Heut sind s' vom

Kreuzweghof zum Kirchgang herüberkommen und treffen sich mit unserm Bauern und mit 'm Toni in der Kirch'. – Der Student aus der Stadt – dem Kreuzweghofbauer sein Sohn – is auch herg'rufen word'n und soll zwischen heut und morgen kämma – da gibt's ein' Handel, und soll wohl in der Kürz'n alles richtig werd'n. – Du hast d' höchst' Zeit, daß d' dein Bündel schnürst und von da gehst; denn in Ehr'n is für dich kein Verbleib!

Vroni *(trotzig).*
Ich dank schön für 'n guten Rat, aber ich denk, das gang mir alles so nah, daß ich erst selber da nachschauen müßt – dann steht's noch allweil bei mir, ob ich geh oder bleib! Ich weiß nit, warum du dich gar so drum annimmst?

Großknecht.
Was 's mich verint'ressiert, meinst? – Ich bin deiner Mutter – Gott hab s' selig – ihr rechter Freund g'wesen, 's hat s' keiner so gern g'habt als wie ich! Ich hab's heut noch nicht verwunden, was sie an mir getan hat, und doch is mir's ums Herz ganz b'sonders, wann ich an sie denk, und 's is mir koan' zweite kämma wie sie, und kommt a keine! Sieh ich dich so vor mir stehn, da glaub ich, sie dürft's sein, mein' Seel', das is a ihr trutzig' Tun und Wesen – du hast's ganz von ihr; aber leg's ab, amal hat's mir selber an ihr g'fall'n, aber, Vroni, tu's ab, schlag dir s' aus 'm Sinn, die Gedanken, wie hoch als a 'naus woll'n, sei die arm' ehrlich', brav' Dirn, die dein' Mutter war, wie ich mit ihr von Ottenschlag weg bin, tu der Mutter die Schand' nit an ins Grab hinein, daß d' nix von ihr g'lernt hab'n willst, daß ihr' hart' Arbeit und ihr sauer elend' Leben für dich ohne Nutz und Lehr' war! *(Glockengeläute.)* Sie läuten schon in die zweit' Mess', ich muß jetzt gehn. Ich hab eh mehr g'red't, als der Pfarrer in der Kirch' heut fürbringen kann – und hab da alle alten G'schichten in mir aufg'mischt. – Mein Gott! 's is mir aber doch lieber, als es kommt nachtig über mich – wie's g'wesen is und wie's sein könnt! – Aber am Sonntag, da fecht mich nix an, da hab ich mein Betbüchl und hör d' Orgel spiel'n! *(Vertraulich, indem er ein in ein Tuch geschlagenes Gebetbuch sorgfältig aus der Rocktasche zieht.)* Siehst, Vroni, damit setz ich mich mitt'n unter die Leut' mit g'flickte Röck' zur zweit' Mess' in ein Kirchbankeck hin – *(öffnet behutsam*

die Schließen und halb die Blätter.) Da is a Veigerl vom Bach, wo wir 's erst' Mal vertraulich miteinand' g'red't hab'n, und paar Blatteln weiter von dem Strauch auf ihr'm Grab die wilde Rosen, die ich mir einmal von Ottenschlag g'holt hab! *(Schließt das Buch und birgt es sorgfältig an dem früheren Orte.)* Und wenn ich das Buch so in der Kirch' vor mich hinleg, da siech ich s' ordentlich vor mir lieg'n, dö Örter, wo ich meine Täg zu'bracht hab – da liegt tief im Grund das kleine Ottenschlag und hoch oben das nette Wirtshaus „Zur Grenz" – klein wie a Schwalbennest –, weiter im Land, nur zwei Stund', liegt der Kreuzweghof und noch zwei Stund' weiter Altranning – und da verwundr' ich mich, daß man auf nur vier Stund' Umkreis im Land so viel derleb'n kann, und da steht alles vor mir, als ob's gestern g'wesen wär – und da setzt die Orgel ein – und da denk ich so in mir, daß amol im Leb'n a jeder sein' Kreuzweghof g'habt hat, wo ihm's grimmig schlecht gangen is, daß aber auch mit Gotts Hilf' jeder amol sein Altranning find't, wo er Großknecht werd'n kann! – Und da frag ich mich selber, ob mir's recht wär, wann ich all das nit derlebt hätt und 's sollt alles anders sein, wie's is – da schau ich auf meine zwei Bleamerln und sag: „Nein!" Und da wird mir's so warm unterm Brustfleck und da inwendig in mir ganz stad! – Dös sein meine Sunntäg! – jetzt b'hüt dich Gott, Vroni, und überleg dir mein' Red'! *(Ab.)*

Dritte Szene

Vroni *(allein).*
„Überleg dir mein' Red'!" und „laß dein trutzig' Wesen sein!" Wie g'ring sein der Leut' Wort', wann s' auch 's Schwerste von ein'm verlangen. – Mein liaber Großknecht, wann's wahr wär, was du sag'st, was gabet's da zum überlegen? In d' weit' Welt müßt ich laufen, daß s' mir nit von morgen an im Ort zum alten all neu' Schimpf und Schand an den Kopf werfen! Und was bleibet mir denn, daß ich's ertraget, so daz'stehn vor mir selber, wann nit der Trutz als mein einzig' und ältester Freund, der mit mir aufgewachsen is? – Ich sollt 'n ableg'n? – Kann ich leicht anders sein, als ich bin? – Und hab'n s' nit alle dran g'arbeit', daß ich so word'n bin?

Hab'n nit damals die andern Kinder im Ort mit Finger auf mich deut'? „Oi, schaut's dö an, dö hat kein Vatern nit!“ Lass'n mir's nit alle bis heuttags noch g'spür'n, daß ich eigentlich nit auf der Welt sein sollt', weil mein Kämma neamand a Freud' und mein Bleiben nur Ung'legenheit g'macht hat? – Da bin ich aber amol! Und is Vaters oder Mutters Schuld, die mein' g'wiß nit, und hat's unser Herrgott zulassen, so werd ich ihm grad so lieb sein wie ös, dö 's sakramentalisch auf d' Welt kämma seid's! *(Lacht und fährt mit beiden Händen über Stirn und Scheitel.)* Narrische Mirl! Ich komm da in d' Hitz z'wegen ein' G'red' und muß sich's erst weisen, was daran wahr is. Der Toni soll mir's nur selber sagen, was an der G'schicht' is. *(Macht sich mit Eimer und Gießkanne zu schaffen.)*

Vierte Szene

Vorige, von rechts treten auf Toni und Crescenz, Ferner und Höllerer, und zwar zuerst Toni, der Crescenz an der Hand führt, voraus, und dann, während diese beiden in den Vordergrund kommen, erscheinen im Hintergrund die beiden Bauern.

Crescenz *(im Auftreten).*
Nit, daß ich drauf versessen wär, wann's dir nit ansteht, aber der Leut' weg'n möcht ich, daß d' jetzt all' Tag zu uns auf 'n Kreuzweghof kämst, daß s' doch sehn, wir mög'n uns leiden. Is dir's leicht z' viel, daß d' 's G'fährt einspannen laßt?

Toni.
Bewahr! Wann du's so willst, so soll's auch so sein.

Vroni.
Toni!! *(Faßt sich, tritt auf ihn zu, streicht sich die Haare aus der Stirn und sagt bitter lächelnd:)* Gut'n Morg'n, Toni. Ich hab heut im Garten g'wart wie sonst, warum bist denn nit kommen?

Crescenz.
Was will denn die?

Toni *(läßt Crescenz' Hand fahren und tritt zu Vroni – leise).* Du weißt's schon, was s' mit mir vorhabn? Sei g'scheit, Vroni! Ich muß mit dir noch in der G'heim drüber redn. *(Tritt rasch zur Crescenz zurück.)*

Vroni *(laut).*
Du mußt mit mir noch in der G'heim red'n? Könnt' sein, daß das, was du mir z'sag'n hast – *(auf Crescenz)* vor derer da nit leicht gang', aber es is auch gar nimmer nötig, daß du red'st; dageg'n, was ich dir jetzt sagen werd, das kann alle Welt hören.

(Ferner und Höllerer sind vorgekommen.)

Ferner *(gedrungene Figur, mit abgelebten Zügen hat einen großen Rosenkranz und ein großes Gebetbuch in der Hand; dazwischentretend).* Halt's Maul, Dirn!

Toni.
Misch dich da nit drein!

Ferner *(strenge).*
Geh du mit der Crescenz in' Garten, a Wartlerei mit derer da schickt sich vor dein' künftig Weib nit.

Toni.
War's nit der Crescenz z'lieb –

Vroni *(bitter).*
Geh nur zu, d' kimmst wohlfeil davon.

(Toni und Crescenz durch die Scheuer ab.)

Ferner *(stellt sich vor Vroni hin).* Jetzt red ich da im G'höft, und wir werd'n gleich fertig sein miteinander.

Vroni *(tritt ihm aufrecht entgegen).* Schon recht, dich hab ich derwart', Kreuzweghofbauer, du mußt doch überall dabei sein, wo ein Unheil für mich um die Weg' is.

Ferner.
Begehr du nit auf, lern lieber Demut; ich siech am Adamshof nur *ein* Unheil, und das bist du selber. Obwohl ich nimmer dein Vormund

bin – wofor ich Gott dank, daß er mich von der Last erlöst hat – so gib ich dir doch als Christ guten Rat und sag dir: Schnür dein Bündel, führ neamand in Versuchung und geh von da je ehnder, je lieber.

Vroni.
Was die Vormundschaft anbelangt, hast du Gott nit z' danken, daß du s' nimmer führst, du hast s' ja freiwillig selber niedergelegt und dafür dank ich ihm, und dein christlich' Rat is da auch unnötig, ich weiß's schon selber, was ich jetzt zu tun hab. *(Zu Höllerer.)* Adamshofbauer, wenn dir's der Kreuzwegbauer, der jetzt da im G'höft red't und schalt', verlaubt, so wär mir's recht lieb, wann d' mich gleich heut noch aus 'm Dienst ausstehn ließ'st.

Höllerer.
Kreuzdividomini, wer söllt mir was verlaub'n auf mein G'höft?! – Sternsakra, kam mir recht. – Was ich da sag, das gilt und, was ich sag, das wägt – und wann ich sag, du verbleibst deine vierzehn Täg, so verbleibst.

Ferner.
Wär ein Unsinn! Ich sag, sie geht an der Stell'.

Höllerer.
Tausend Element! Ja – und wann ich sag, du gehst an der Stell', so gehst a an der Stell'.

Vroni.
Ich müßt frei lachen über dich – wann mir zum Lachen wär –, Adamshofbauer, wie du ein'm ein' Herrn zeigst! Gleichwohl möcht ich doch wissen, was eigentlich dein' Meinung is, die vierzehn Täg Kündfrist, dö gelten – oder 's an der Stell' geh'n?

Ferner.
Du gehst gleich. Willst 'leicht Unfried' stiften zwischen mir und 'm Schwiecher?

Höllerer.
Kreuzsakra! Dös gibt's nit.

Ferner.
's Zeug dazu hätt'st. Dein Mutter – Gott laß s' ruh'n und verzeih ihr die Sünd' – hat auch am Kreuzweghof Unfried' g'stift, du bist ganz ihr Kind und hast auch das von ihr, daß d' dich ein'm Reichen naufheftst.

Vroni *(aufschreiend).*
Jesus, Maria! Du verschimpfst mein' arm' Mutter im Grab. *(Streift sich die Haare zurück und tritt Ferner ganz unter die Augen.)* Herrgott! – Und wenn das meine letzte Stund' wär, Kreuzwegbauer, das schenk ich dir nit. Glaubst, weilst noch lebig herumlauf'st auf der Erd', du darfst die schlecht machen, die in ihr vergrab'n sein? Du glaubst wohl, weil d' Leut', wo du hinkommst, sag'n: Aufg'schaut, der reich' Kreuzweghofbauer kommt! – weil s' dir überall, wo d' einkehrst, 'n Ehrensitz lassen, weil s' in der Kirch' nach dein'm polsterten Betbankerl schau'n: der frumme Mann – du dürfest dir gegen tot und lebig herausnehmen, was d' willst? Reich bist, davon nimmt dir keiner was, aber wann d' Armut kan' Schand', so is auch der Reichtum kein' Ehr' z' nennen. Doch, sei du ehrbar und frumm in der Leut' Augen, ich glaub' nit an dein' Ehrbarkeit und nit an dein' Frummheit, von Kind auf nit, ich will dir's wohl sagen, warum. Du lieber Ohm, hast du nit mehr als einmal uns Kinder, die wir doch deines Bruders Blut waren, am Kreuzweghof in ein' Winkel g'führt und dort geschlagen und treten ohne Grund und Ursach'? Du braver Vormund, hast du dich je um uns umg'schaut? Hätt'n wir nit deinetwegen an Leib und Seel' verderb'n können, wie auch an meinem Bruder g'scheh'n is? – Du hast kein Herz im Leib, sonst hätt'st dich nit an unschuldig wehrlose Kinder vergriffen – du hast kein' Ehr' im Leib, sonst hätt'st nit die Pflicht, über unmündig' Kinder zu wachen, auf dich g'nommen und Händ' am Rucken zugeschaut, wie s' wild aufwachsen; du hast kein Christentum in dir, Kreuzwegbauer, du betrügst so wenig unsern Herrgott mit deine Kirchgäng' als mich. Du bittst wohl auch nur zu Gott, daß er dir 'n Teufel, den d' dreifach verdient hättst, nit in die Wirtschaft fahren laßt. – Denk ich dran, wie wir immer, wo du 'n Fuß hing'setzt hast, weit weg, dir aus 'n Aug'n hab'n fort müssen, da is mir allemal g'wes'n, als hätt'st du a schlecht'

G'wissen, als könntst uns derentweg'n nit ausstehn, weil d' dich an uns versündigt hast.

Ferner *(bleich und aufgeregt).* Nimm dich in acht, Dirn, nimm dich in acht, was du sagst. *(Lauernd.)* Was willst damit sagen? Weißt du leicht was?

Vroni *(ruhiger).*
Nein, Kreuzwegbauer. – Aber völlig leicht is mir ums Herz, weil das herunter is, was mich schon lang druckt. Wußt ich so gut wie der Herrgott, was du in deiner Angst naufbet'st zu ihm, glaubst du, ich hätt g'wart bis heut? Aber das weiß ich in mir, ich tu dir kein Unrecht. Und ich hoff, ich komm dir noch drauf, all' Not und Elend nahm ich auf mein jung' Leben, wann das g'schähet; dressieren wollt ich dich wie der Jäger d' jung' Hund', du sollst mir Sprüng' machen, so alt d' bist. Kreuzwegbauer, völlig lieb könnt ich dich hab'n, denk ich dran, wie ich dich, so groß und stolz d' bist, mit 'n klein' Finger vor mich hinwerfen möcht. Warst du's nit, fast wünschet ich dir, es kam' nit dazu, aber wann's käm, weißt, was dir bevorsteht! *(Zu Höllerer, indem sie ihm die Hand gibt.)* Bauer, ich dank' dir recht für 'n Dienst, und jetzt b'hüt Gott miteinander. *(Rechts ab.)*

Fünfte Szene

Ferner und Höllerer. Der Hintergrund füllt sich nach und nach mit aus der Kirche zurückkehrenden Mägden, unter denselben treibt sich Muckerl herum.

Höllerer *(zu Ferner, der schweigend dasteht).* Sikra! Dö Dirn' hat a Maul! Dö hat dich rechtschaffen putzt! Aber a feine Stimm hat s', ich hör s' gern, schad, daß s' nit weiter g'red't hat! – *(Boshaft.)* Schwiecher, wie is's, hast nit um d' Hand noch a bissel was auf mein' G'höft anz'schaffen? Aber wie d' blaß word'n bist? Hätt gar der Wildling 'n Nagel am Kopf 'troffen? Fürcht'st dich vor ihr?

Ferner *(aus dem Sinnen auffahrend)* Narr! Ich bin der Bauer vom Kreuzweghof – ehender fürcht' man wohl mich! *(Dumpf.)* Unser Herrgott laßt's nit zu, daß ich an *der* zu Schanden wurd', er weiß, was ich für ihn tan hab, wieviel Messen ich g'stift' und was ich an die Kirchen g'schenkt hab und daß ich noch a gar gut' Werk im Sinn hab mit meim Suhn; ich hoff, der Herr wird 'n erleuchten mit seiner Gnad', daß er's einsieht, wie's zu sein eignen und zu unserm Heil is! Dann bleib'n die zwei Anwesen beinand' und g'hör'n meim Dirndl!

Höllerer.
Das deine der Dirn', das meine g'hört doch für alle Zeiten 'm Toni!

Ferner.
Mein Bub kommt heut oder morg'n, tätst mir einen G'fall'n, Schwiecher, wann d' nach 'm Kreuzweghof mitkamst, ich hab ihn von Kind auf nimmer g'sehn, is mir lieber, es is fremd wer dabei, wenn wir uns 's erste Mal wieder vor d' Augen kämma!

Höllerer.
Ich bin schon dabei.

Ferner *(im Abgehen)*.
'n Toni nehm mer auch mit! Komm nur, ich hab 'n Knecht mit 'm Wagel eh zum Gartenzaun b'stellt. *(Beide durch die Scheuer ab.)*

Sechste Szene

Die Mägde, Muckerl, dann Vroni.

Die Mägde *(kommen, Muckerl in ihrer Mitte führend, vor)*.
Kimm, Muckerl, verzähl!

Mirzl.
Wie geht's denn auf der Alm?

Muckerl *(hält eine Flasche sorgfältig unter der Joppe)*.
Ich dank! ich dank! Hehehe! Recht gut! Hehehe! Der Jodl laßt enk schön grüßen!

Burgei.
Was hast denn da in der Flaschen?

Annerl.
Laß amal kosten!

Muckerl *(zieht die Flasche zurück).*
Jo, hehehe! Daß 's mir's aussauft's und ich hätt nachher nix! *(Gewichtig.)* 's is Weihwasser!

Waberl.
Weihwasser! Habt 's doch ehnder g'nug drob'n auf der Alm!

Muckerl.
Freilich wohl! Aber dös ist für mich allanig! *(Wie oben.)* Zum Trinka!

Alle.
Jegerl, der trinkt's!

Muckerl.
Glaubt's ös leicht, i bin a Heid' und hob kein' Religion? A Predigt versteh ich net – beta dermerk i net, a Betbüchl konn i nit lesen – so nimm i halt 's Christentum einwendig!

Gretl.
Du bist a Hauptchrist!

(Alle lachen.)

Vroni *(tritt mit einem Bündel auf).*

Muckerl.
Hehehe! – Da kommt d' Vroni!

Mirzl.
Und a Binkerl tragt s' a!

Waberl.
Gehst 'leicht von da? Z'weg'n was denn?

Annerl.
Is eppa richtig mit 'n Toni und der Crescenz vom Kreuzweghof?

Burgei.
Heirat' er s' und laßt er dich sitzen, der grausliche Ding?

(Alle lachen.)

Gretl.
Schau, nimm 'n Muckerl, is a a feiner Bub'!

Muckerl.
Jo, hehehe! Ich nehm dich schon – hehehe! Du taugerst mir schon lang – dös war eine – juhuhu!

(Alle lachen.)

Vroni *(verbissen)*.
Was ös aber lustig seid's, wann's ein'm traurig geht!

Burgei.
Uije! Stamm dich doch auf! 's kimmt dir sonst 's Flenna, bist ja sunst so stark!

Vroni.
Flennet' ich, g'schahet's nit, weil mir weh is, sondern aus Zorn!

Mirzl.
Jegerl, du Zornbinkl! – Beleidig dich nur nit! Wir sind allz'samm allweil gute Kameradinnen zu dir g'wes'n, wir müssen dir schon zum Abschied a paar Almer singen, daß dir 's Herzerl aufgeht.

> Mei' Schatz is viel sauber,
> no säub'rer bin i,
> und er heirat' auch z'nachst,
> doch a andre als mi!

Chor *(Lach-Jodler, den Muckerl mit typischem Gelächter übertönt)*. Höhöhöhö!

Burgei.

> Mir is jetzt mein Binkerl
> so schwer wie mein Herz,
> und ich steh enk jetzt da
> grad wie's Mandl beim Sterz!
> *(Wie oben.)*

Annerl.

's sein andere Dirndl
akrat wie du b'schlag'n,
und du wirst jetzt die Nas'n
so hoch nimmer trag'n!
(Wie oben.)

Waberl.

Vom Gamskogel wahr a
der nämliche Wind,
mein' Mutter war ledig,
und i bin doch ihr Kind!
(Wie oben.)

Vroni *(fahrt dazwischen, dabei bekommt Muckerl einen Rippenstoß)*.

Muckerl *(reibt sich)*.
Ah! – Sie hat mich schon gern!

Vroni *(in die Mitte tretend, singt)*.

's Kreuzerl am Mieder
und 's Bücherl voll Lieder,
so stazt's ihr im Sonntagg'wand
in d'Kirchen miteinand'!
Da tut's ös so g'schamig,
so christlich und frumb,
doch wie unta der Wochen
seid's allz'samm' a G'lump!

Muckerl.
Höhöhöhö!

Vroni.

Do richt's ös oft weitaus
viel brävere Leut' aus,
und ganget gleich drunta

ihr Glück und Ehr z' Grund a!
Dös tät enk nit kränken,
aus grad macht's ös krump,
denn ös seid's halt, ös bleibt's halt
doch allz'samm' a G'lump!

(Lehnt sich zornig weinend an den Brunnen.)

Muckerl.

Ös seid's holt, ös bleibt's holt
doch allz'samm' a G'lump!

Höhöhöhö! *(Rennt ab, da die Dirnen unter Geschrei: „Wart nur!" – „Du Fex!" – „Du kriegst's!" über ihn herfallen. Alle durch die Scheuer ab.)*

Siebente Szene

Franz und Großknecht. Vroni im Vordergrunde.

Großknecht *(den Davonlaufenden nachrufend).* He! Ihr! Hört's? Is der Kreuzweghofbauer schon fort? Hört keins? Die hab'n mit ein' Fexen ihr G'spiel, dös is denen Weibsleuten ihr liebster G'spaß, weil sie sich daneb'n g'scheit vorkämen; gang's nach ihnen, gab's gar nix als lauter Fexen; die s' nit selber schon deppert in d'Welt setzen, die macheten s' gern später dazu und die alt' Weiber unter die Mannsleut' helfen ihnen dabei! *(Sieht Vroni.)* Kommt's nur, lieber Herr, da hab'n wir schon d' Richtige, die steht Red'! *(Kommen vor, so daß Vroni die Mitte und Franz die Brunnenseite gewinnt.)* Is der Kreuzweghofbauer schon fort?

Vroni *(trocknet sich mit dem Schürzenzipfel die Augen).* Grad muß er fortg'fahren sein.

Großknecht *(zu Franz).* Da holt's ihn nimmer ein! *(Zu Vroni.)* Was is denn dir? Du wischst dir die Aug'n? Und zum Gehn bist auch fix und fertig? – Is's halt doch so kämma, wie ich g'sagt hab'? Hab ich dir's schlecht gemeint?

Vroni.
Vergelt dir's Gott, Großknecht, wie ehrlich du's mit mir gemeint hast!

Großknecht.
Gehst halt zur Ahnl nach Ottenschlag, nit?

Vroni.
Tu's zwar nit gern, magst dir's denken, aber ich muß wohl, so g'schwind find't ich kein ander' Unterkämma.

Großknecht.
Hast recht! Wird freilich z'erst rechtschaffen keppeln, d' Alte, is aber a brav' Weiberl!

Franz *(im steirischen Lodenrock, Reisetasche um, Stock – hat auf der Brunnenbank Platz genommen).*
Wenn ich schon nach dem Kreuzweghof gehen soll, habt ihr niemand, der mich führen kann?

Großknecht *(zu Vroni).*
Auf 'n Herweg hab ich den Herrn da g'troffen, er möcht über'n Bergsteig nach 'm Kreuzweghof, der Weg auf der Straßen is ihm zu langweilig! 's geht eh dein Weg auch vorbei, kannst dir ein paar Groschen Wegweislohn verdienen, wann d' ihn führst!

Vroni.
Is mir recht, aber ich tu's nicht der Groschen weg'n, sondern um Gotteslohn! Aber a G'sellschafterin werd't 's nit an mir hab'n, mir is heut nit lustig!

Franz.
Mir auch nicht, liebe Dirn'! Wenn ich trotzig dreinschau', kümmere dich nicht drum! Geben wir uns die Hand drauf, daß wir einander nicht als zuwidere Leute verschreien woll'n, bis wir uns ein andermal und, ich hoff, fröhlicher gesehen haben als heut auf dem Weg nach meines Vaters Gehöft.

Vroni *(zieht rasch ihre Hand aus der seinen).* Deines Vaters G'höft? So wärst du leicht der Student, den s' die Täg' erwart'n? Der Ferner-Franzl?

Franz.
Ich heiße Franz Ferner!

Vroni.
Dann geh nur allein deine Weg'! Ich führ dich nicht! – Dein Vater is mein und meiner Leut' Todfeind, ich leid grad unter dem, was er mir d' letzt' Stund' wieder antan hat! Ich geh kein Schritt mit seim' Sohn!

Franz *(blickt sie überrascht an und steht schnell auf).* So sag mir doch, wer du bist.

Vroni *(wendet sich zum Geben).* Ich hoaß Veronika Burger! *(Reicht dem Großknecht die Hand zum Abschied.)*

Franz *(zieht mechanisch wie zum Gruße den Hut und fährt sich mit der Linken in die Haare, vor sich).*
Die ist's! – Ich hab's gefürchtet. – Mein erster Tritt auf heimatlichen Boden macht die Vergangenheit wieder lebendig!

Verwandlung

Wirtsstube im Wirtshause zur Grenze in Ottenschlag.

Eingang letzte Kulisse links. Hintergrund ein großes, breites Fenster (eigentlich zwei Fenster, durch einen schmalen Pfeiler getrennt); die Fensterflügel offen, Fernsicht auf eine Alpenlandschaft. Links vom Fenster steht ein Großvaterstuhl, rechts davon ein Tisch; über demselben hängt an der Wand eine Zither. Zwei Tische befinden sich mit der Längsseite an den Wänden rechts und links und ein Kachelofen steht unmittelbar hinter der Türe.

Achte Szene

Im Großvaterstuhl sitzt die alte Burgerlies mit Strickzeug, Geldtaschel und Schlüsselbund am Gurt. Neben am Tische sitzt Levy, den Hausierbündel neben sich auf der Bank, ein Glas Wein und Eßwaren im Papier vor sich.

Levy *(steckt den letzten Bissen in den Mund, wischt mit dem Papier über den Tisch, rückt den Stuhl und schaut behaglich ins Freie).* 's is doch a schöne Sach', Burgerlies, nach langer Zeit wieder da heroben bei Euch zu sitzen, unangefochten wie daheim, und hinabzuschau'n auf das Land. Gott, was for a reiche, weite Natur und was for arme beschränkte Leut' um sie.

Lies *(altes, aber kräftiges Mütterchen, weiße Scheitel).* Mußt nit groß tun, Levy, bist a gescheiter Mann, ich weiß; aber ich schau dir doch schon jahrelang zu, wie d' dein Fressen allweil im Papierl mitbringst, statt daß d' herob'n fein mit zulangst.

Levy.
Kenn ich's denn riskier'n, daß ich komm ohne Proviant da ins Geberg' zu Euch? Könnt Ihr doch etwa hab'n an dem Tag nor a treefene Woor.

Lies.
Na siehst, du bist selber so a Bauchfrummer und hätt grad dich für gescheiter g'halten.

Levy.
Mein! Was hilft alle G'scheitheit gegen a alte Satzung? Mer werd's gewöhnt. Wer gibt mir a neuchen Mogen zu der neuen Speis'?

Lies.
Mein lieber Levy, grad wie mit euere Mägen is's mit denen ihnere Köpf'.

Levy *(kopfschüttelnd).*
Möcht sein, Burgerlies, kenn vielleicht sein a Wahrheit. Aber ich muß Ihr sagen, seht Sie mir zu schon jahrelang, seh ich Ihr auch zu af kein kürzere Zeit. A gescheite Frau war Sie immer, aber Sie war nix e soi nachdenklich wie jetzt, hot jeden gelossen bei dem, was er denkt, und hat nix Ihre Meinung aufgedrängt. Das taugt nix, Burgerlies, for Ihr Geschäft taugt dos

gor nix. Wollt Ihr alle Leut' e soi denken machen wie Ihr? Gott meiner Väter!

Lies.

Laß mich aus mit 'n Gott der Väter, den habt's ös alte Schippeln doch nur für d' Weiber aufbracht, damit s' Zucht halten und nit auf d' Jüngern neben schau'n.

Levy.

Was ich sag? Sagt ein' andern so was, der Euch nix kennt, nehmt er's for übel und kümmt nix mehr. *(Trinkt.)* Is an angenehmer, milder Tropfen. Muß mer sich doch neuzeit gewöhnen, kommt mer zu Euch, daß abwechslich bald Ihr a Schneid habt, bald Euer Wein. Früher war Wein und Wirtschaft gleich angenehm. Mein, mir is noch erinnerlich, wenn ich vor so a Stück a fünf Jahr bei Euch bin eingekehrt, wie noch hat Eur' Tochter gelebt und wie die beiden Enkelkinder – der Bub' und das Madl, fünfzehn, sechzehn Jahr alt, a Paar prächtige junge Leut – da in der Wirtschaft mitgeholfen haben – was is doch geworden aus die zwei, habt Ihr sie nimmer gesehen seither?

Lies.

Weißt ja, nach der Vroni ihr'm Tod hat mir der Vormund 'n Buben nimmer lass'n, ich war ihm z' gottlos, dem frummen Mann, und die Dirn hat mir a so a frummer Bauerssuhn abg'red't.

Levy.

Schad um die jung' Leut'. – War a schöne Zeit gewesen damal herob'n. Is mer gekimmen, hat alles gewimmelt von Gäst', mer is da gesessen unter de Pauern, hat einer ja angefangen zu sticheln und ein geheißen e Mauschel! Püh! Wie seid Ihr ihm da gefahren übers Maul. Alles hat gelacht, mer hat gelangt in die Tasch', hat gezahlt a Wein, da war der Frieden hergestellt, die Gläser haben geklungen und alles war wieder gut. Mein, aber jetzt –

Lies.

Freilich, seit mein' Vroni tot is und die jung' Leut' weg, bin ich nur älter und tramhaperter word'n; dös dumm' G'sindel da herum feind't mich an, bin neamand mehr anständig, mir zum allerwenigsten, und haus' jetzt da herob'n allein mit ein einzig'n alten tauben Knecht.

Levy.
Drum seid Ihr auch geworden zu viel nachdenklich, und kommt emal einer, so sprecht Ihr Euch gern aus; aber es taugt nix, Burgerlies! Ich sag's nit weg'n mir, nein, ich komm zu Euch, solange uns beiden der Herr das Leben laßt, aber es tut mer weh, daß, kümm ich amol, ich find't da alles so leer, und es is a Ereignis, daß tagüber is eingekehrt bei Ihr a Jud'.

Lies.
Der noch dazu 's Fressen im Papierl mitbringt! Da kann mer fett werd'n.

Levy *(ernst).*
Werd't Ihr fett, Burgerlies, sagt emol aufrichtig, werd't ihr fett von dem verdächtigen Volk, was bei Euch kehrt ein die Nacht über?

Lies *(gedämpft).*
Du meinst die Schwärzer? 's sein meine einzig'n Kundschaft'n, die da noch was sitzen lass'n; soll ich ihnen leicht die Tür weisen? Sie sein nit so uneb'n, sag ich dir! Dieb' und Rauber sein s' nit. Von Urzeit geht Berg und Tal in ein' Trum fort und die Grenzpfähl' sein nit wie die Bäum' aus der Erd' g'wachsen – und soll ich wohl dafür mehr zahl'n, weil die Spanfudler herenten dös nit z'weg'n bringen a so wie die Leut' da draußt? – Freilich hat's oft G'fahr, wenn einer kimmt: Mutter Lies, versteckt's mich, sie sein hinter mir her!' Soll ich 'n ausweisen in seiner höchsten Not? Ich kunnt's nit, ich weiß recht gut, ich verbesser mir nix in der Leut' Augen durch selb'n Zuspruch, aber im G'schrei bin ich früher schon g'wesen, auf a mehr oder minder kimmt's mir nit an, und die paar Jahrln, die mir noch b'schied'n sein, will ich doch noch leb'n können.

Vroni *(geht an dem Fenster vorüber).*

Levy *(hat Geld auf den Tisch gelegt, den Bündel genommen und reicht der Lies beide Hände).*
Und um das bissel Leben streitet Ihr Euch herum mit aller Welt? Weiß das, versteh Euch, Burgerlies, müßt nit selber sein an armer Teufel und

obendrein a Jud', der in dem Land da muß sein Stück Brot suchen. – B'hüt Gott! *(Ab.)*

Lies *(nachrufend).*
Glück auf 'n Weg, Levy, und kehr fein wieder zu. *(Wischt an dem Tisch, wo er gesessen. Es klopft.)*
Nur rein, wer draußt is!

Neunte Szene

Vorige. Vroni, ein Bündel unterm Arm, tritt zögernd ein.

Vroni.
Grüß Gott, Ahnl!

Lies *(dreht sich überrascht um).*
Was tausig, Vroni! Du bist's? – Schau einer, laßt dich a amol sehn? Was gar, mir scheint, du bist ausgestanden aus 'm Dienst? Wo trittst denn jetzt ein?

Vroni.
Hab noch kein' Dienst.

Lies.
Nit? Is dös so schnell gangen? Dein frumm' Bauerssuhn hat dich wohl sitzen lass'n, und jetzt is 's Weib ohne Gott und Glauben wieder gut Freund? Traust dich denn in die gottlose Wirtschaft da her?

Vroni *(mit unterdrücktem Weinen).*
B'hüt Gott, Ahnl! *(Wendet sich.)*

Lies *(nimmt ihr den Bündel weg und wirft ihn auf den Tisch daneben).*
Na, dumm's Mensch, mußt gleich flenna? Darf die alt' Ahnl sich leicht nit a bissel 'n Schnabel wetzen? Bleib nur da – d' Wahrheit verbrennt dich nit wie d' Sunn', wirst nit braun davon! War leicht das so schön, wie d' von mir g'rennt bist? Soll ich vor Freud' in Ohnmacht fall'n, daß d' jetzt kimmst, wo dich nit ausweißt und nit daher kamest, wußt d' dir ein' andern Ort?

Vroni.
Ich werd dir nit lang auf der Schüssel lieg'n.

Lies.
A meinetwegen lieg drein bis übers Jahr, dessentwegen is nit – war lang nit so harb auf dich, hätt ich's nit verspürt, wie d' mir abgehst.

Vroni *(fällt ihr um den Hals)*.
Ahnl, du hast mich halt doch gern.

Lies.
Was tust denn wieder? Wirf mich noch um. *(Tätschelt ihr die Wange.)* Freilich, freilich, bist mein lieb's Dirndl! – Aber jetzt sei g'scheit, bleib fein da. Hab eh neamand, d' Arbeit geht mir schon hart; und a freundlich' G'sicht tat mir doch a wohl. *(Wischt über den Tisch.)* Setz dich her. *(Trippelt zum Schrank und nimmt aus demselben eine Rein auf einem Brett.)* Magst leicht ein Bissen essen? *(Setzt ihr vor.)* Mußt fruh weg sein, kimmst so zeitlich her nach Ottenschlag.

Vroni *(etwas essend)*.
Der Postbot' hat mich her auf sein' Wagerl g'nummen.

Lies.
Dös sein die fein', mit die jung' Dirndl fahrn s' gleich meilenweit ins Land, daß sich dö ja d'Füß' nit vertreten; unseroans könnt' neben herrennen, daß d' Zung' aus 'm Hals hängt, saget keiner „Alte, magst aufsitzen?“ – Na, schmeckt's? Gelt, Essen, Trinken und Verliebtsein, sunst steht euch nix an, jung's G'sindel? Habt's recht, gibt eh nix G'scheits weiters auf der Welt.

Vroni.
Du führst noch allweil so unebne Reden, bist nit anders word'n?

Lies.
Zahlet sich aus für die paar Jahrl, die ich noch leb!

Vroni.
Ahnl, ich bitt dich gar schön, sei nit so freimäulig. War mir a rechter Seg'n, wann ich's machen könnt, daß man dich wieder in der Kirchen sahet.

Lies.

Dummes Ding! Wann d' mir mit solche Vorsätz' kimmst, is's mir auch lieber, wann d' wieder gehst! Du machst mich nimmer katholisch. – Glaubst, ich bin dös über Nacht word'n, was ich bin? Da hab'n mehr Jahr' dran g'arbeit', als du auf der Welt bist. A Nacht hat's freilich fertig bracht, dö nämlich, wo dein' Mutter mit enk zwa Kindern an mein' Tür pocht hat, weil s' vom Meineidbauer vom G'höft g'jagt worden is.

Vroni.

Du meinst 'n Bauer vom Kreuzweghof? Warum gibst ihm den Spitznam' „Meineidbauer"?

Lies.

Is dös a schwer Ratsel? Warum hoaßt d' Elster a Dieb? Weil der Lump vom Kreuzweghof falsch geschworen hat, hoaßt er Meineidbauer bei mir, solang er lebt und länger noch, wenn ich ihn überleb, solang von ihm die Red' is.

Vroni.

Wenn das wahr wär, Ahnl, und mir könnt ihm's beweisen.

Lies.

Sein' falsch' Eid hab'n 's eben als Beweis für ihn gelten lassen. Dein' Mutter, die nie g'log'n hat, hat's in der nämlichen Nacht gleich g'sagt, wie's damals zugangen is, und is in ihrer letzten Not noch dabei blieben. Der Meineidbauer hat, bevor sein Bruder nach Wien is, schon ganz gut g'wußt, was dem sein Will' is, wenn er verstirbt; nämlich, daß all's der Vroni und ihr'n zwei Kindern g'hörn soll. *(Legt die Hand auf die Schulter Vronis.)* Aber a Testament war auch da – es war eins da! Wie da Meineidbauer vom G'richt heimkommen is, wo er die Händ' zu Gott aufg'hob'n hat, daß er von keiner Schrift was weiß, da hat er selb Schriftstück auf 'm Herd verbrennt, und sein Bub' is zufällig dazukommen; er war so a zwölf Jahrl alt, hat g'wußt, daß der Vater z'wegen 'm Testament zu G'richt is schwör'n gangen, und find't ihn da auf einmal, wie er die G'schrift ins Feuer halt'! – Lesen hat der Bub gut kinna, aber 'n Schnabel hat er a auftun müssen, wie die Bub'n gern tun, wenn s' glauben, jetzt können s' geg'n die Eltern aufkommen. Dös war damal a Spektakel auf 'm Kreuzweghof – die Vroni is grad noch dazukommen, daß s' so viel hört, daß sie sich ihr'n Teil draus entnehmen kann – die alt' Mutter vom Bauern hat den Bub'n gleich auf d' Seit' bringen müssen, so wütig war der Vater auf ihn. D' Großmutter und der Bub sind nach Wien gangen, sie hat sich seither hinunterkränkt über die Schlechtigkeit von ihr'n einzig noch übrigen Sohn und is vor'm Jahr verstorben. Ausg'sagt hätten die zwei nix, und der Meineidbauer hätt g'leugnet. So hat's halt beim alten bleiben müssen. – Sixt, Vronerl, und damals, wie der Meineidbauer sein' Hand hat zu Gott aufg'hob'n, nur daß ihm die g'studierten Leut' seines Bruders Hab und Gut zusprechen, da is kein Donner vom Himmel g'fall'n, die Erd' hat sich nit auftan, mein Kind is in Not und Unehr' dagestanden und a so verstorben, und der Meineidbauer is heuttags noch a reicher Mann. Seither war's fertig in mir! Dö Welt taugt mir nit, wo so was drin g'schehn kann. Seit damals heißen s' mich gottlos; ich glaub aber nit, daß amol z'wegen unsere Seel'n die Teixeln raffet werd'n. Der Himmel wird sich grad so viel g'freu'n, daß er 'n Meineidbauer derlangt, wie der Teixel, daß er a Alte mehr in d' Höll' kriegt!

Vroni *(lacht)*.
No, geht's zu! *(Ernst.)* Ich hoff zu Gott, daß keins von uns in d' Höll kimmt!

Lies.
Na, soll hübsch warm drein sein, dös tauget schon für uns Alte, mir friert da ehnder 's ganz' Jahr; für dich paßt er schon, der Himmel, du hast noch hitzig' Blut und hitzt gar – koan Schatz dazu!

Vroni.
Geh, du red'st so viel wüst, Ahnl! Man muß sich frei schamen – hört mer dir zu!

Lies.
Ah was, z'weg'n ein bißl Neckerei brauchst nit gleich brennrot z' werden, bist doch kein' Heilige und is doch d' Magdalen' eine word'n; bin heut bißl lustig – weil d' mich aufg'riegelt hast! Kommen schon wieder Täg, wo di

wundern wirst, wie grantig d' alt' Ahnl sein kann. Kind, lustig is schön, wer's nur allweil sein könnt! – Bleib nur da, dann werd ich's schon a öfter sein können. – Seit ich an kein' Sonntag mehr ins Ort abi komm, hab'n s' mich da allein sitzen lassen, selbst d' vertrautesten Bekannten hab'n nimmer zugesprochen, höchstens die arm' Holzknecht', wann s' viel Durst und wenig Geld hab'n, dö kimmen, und 'vor s' reintreten, schlagen s' a groß' Kreuz, aber so a gottlos Glas Wein für a bißl holzspaneln und a Vergeltsgott schmeckt ihna doch!

Vroni.
Und dös gebt's ös denen Leuten?

Lies.
Freilich gib ich's! Schimpf s' auch orndlich z'samm dabei. – Ich bin nit so schlimm, wie mich d' Leut' machen, ich g'freu mich a, daß d' noch a Vertrauen g'habt hast zu mir und kämma bist – bist a stark Dirndl, dir haben s' draußt in der Welt noch nicht ankönnen; ich wollt, ich hätt euch all' zwei bei mir halten können. – Schlechts hätt's ös da nit g'sehn.

Vroni.
G'wiß nit. Wollt selber, ich wär nit so dumm g'wes'n und von dir fort, ich seh, was ich jetzt davon hab. – Sag, Ahnl, was is denn aus 'm Brudern word'n? Hast nix von ihm g'hört?

Lies.
Ja, ja, den hab'n s' mir auch weggenommen. Ob ich von ihm g'hört hab? Ah freili, mehr als mir lieb is, aus 'm gottlosen Haus da hab'n s' ihn weg, das hat der Meineidbauer a noch auf'm G'wissen. Freilich, er is ja aus der frumm Schul' kämma, tauget ja nit her da. War der beste im Katechismus, hat alle Sünden g'wußt, die man nit tun soll, hat aber a g'wußt, daß die Sünden in der Beicht' vergeb'n werd'n, so is er halt a Dieb und Vagabund word'n. 's erste Mal is er auf'm Schub herkämma nach Ottenschlag, da hat ihn die G'meind' mir ins Haus g'schickt – ich hab glaubt, ich sink in d' Erd – lang is er aber nit blieb'n, und wie er von mir weg is, sein meine Silbertaler a mit fortg'west – dann hat er's weiter so forttrieben – is in die Strafhäuser rumkugelt, dann wieder der G'meind' zur Last g'fall'n – ich

aber hab nix mehr von ihm wiss'n woll'n und hab 'n a seither nimmer g'sehn – will 'n a nimmer sehn.

Jakob *(geht am Fenster vorüber).*

Vroni.
Jesus und Josef!

Lies.
Was hast denn?

Vroni.
War mir doch, als gang einer da vorm Fenster vorbei – und 's wär der Jakob.

Lies.
Wär mir nit lieb.

Zehnte Szene

Vorige. Jakob in abgetragenen Kleidern, elend, bleich, wankt, auf einen Stock gestützt, lautlos herein.

Lies.
Richtig is er's!

Vroni.
Bruder! – Jakob! – Du lieber Heiland, wie schaust denn du aus?

Jakob *(wirft sich in einen Großvaterstuhl und holt tief Atem.)* Mit Verlaub! – Grüß Gott, Ahnl! – Grüß dich Gott, Vroni! – Bist a wieder da?

Lies.
Wo kimmst wieder her? Was willst denn da? Kimmst aus der Straf' wieder?

Jakob.
Zum letztenmal, Ahnl.

Lies.
Hast allweil g'sagt, weiß's vom G'meinvorsteher – bist jed'smal 's letzt' Mal in der Straf' g'wes'n.

Jakob.
Dösmal is's g'wiß! Ich hab mein' Teil! Ich hätt können sterben drin in der Stadt – im Spital – sie hätten mir's gern kommod g'macht – sein froh, wann unsereiner – a Gravierter – geht – hab mich aber bis her g'schleppt – gönnt's mir ä Platzl, Ahnl – wo mit mir a End' wird. – 's is letzt', was ich von Euch verlang!

Lies.
Dös is a Feiertag! Da kimmen s' mir ins Haus g'schneit – der verlebt' Bruder und die verliebt' Schwester, und kehr d' Hand um, wird koans mehr davon da sein, der ein' geht auf neu' Dieberei, die ander' auf neu' Liebschaft und die alt' Ahnl kann wie vor und eh allein auf ihrer Wirtschaft leb'n oder sterb'n!

Vroni.
Ahnl! *(Ihr im Arm.)* Ich geh g'wiß nimmer von dir!

Jakob.
Ich wollt, sie hätt'n mich niemals von Euch tan. Hitzt is's vorbei! – Ich werd nimmer g'sund – ich versprechet a nix – ich haltet's a nit – ich weiß, ich könnt kein gut mehr tun! – Aber gunnt's mir a Platzl zum Sterb'n!

Lies.
Dumms G'red! Zum Sterb'n wird's nit sein! – Vroni, schau derweil auf ihm, ich geh nur nach 'm klein' Acker auf der Höhen, wo der Niklas arbeit' – der muß g'schwind zum Bader im Ort! *(Rasch ab.)*

Vroni.
Jakob, ich bitt dich, sag d' Wahrheit! Is dir wirklich so schlecht, oder –

Jakob.
Ich weiß, denkst, wer amal lugt – wart, vielleicht dauert's neama bis morg'n, wirst sehn – daß ich d' Wahrheit red! – D' Ahnl möcht ich zum allerwenigsten betrüg'n – die is z'neb'n dir d' einzig' auf der Welt, die's

recht g'meint hat mit mir! *(Kleine Pause.)* Vroni! 's is mir recht lieb, daß ich dich noch triff vor mein' End'. – Wie mir 's Reden schon schwer wird – 's liegt so hoch, der Ahnl ihr Haus – bin völlig raufkrochen – hätt' dir was z'sag'n – hab was für dich! –

Vroni.
Ich bitt dich – nur eins, Bruder – wenn's unrecht' Gut wär'?

Jakob *(wischt sich den Schweiß).*
Jesus, Vroni! Peinig mich nit in meiner letzten Stund' – was ich für dich hab, is mein von Gott und Rechts weg'n, weißt damal, wie unser Vater nach Wien is, war ich mit als Bub – hat a Schrift, glaub wohl, war sein Testament, nach Haus g'schickt – paar Tag' drauf hat er ins Spital müssen und is bald dort verstorben; 'vor er hat h'nein müssen, hab'n wir bei der Schwiegermahm g'wohnt und die hat 'm Vater sein' z'ruckg'lassen' Sach' bei ihr b'halten und hat noch g'sagt: „Jakoberl, dös heb ich dir auf!" Ich hab mich aber später nie zu ihr hin'traut, weil ich so a Lump worden bin. Nur dösmal, wo ich gar runterkämma bin wie nie, bin ich hin – so wie ich jetzt steh, hat einer wenig Genieren mehr nötig. Dös brav' Weib hat von damal richtig noch die paar Sachen aufg'hob'n, das G'wand hab ich verkauft, um a Wegzehrung bis her z' haben, aber Vaters Betbüchl wollt ich dir oder der Ahnl geb'n – is doch a Andenken. *(Zieht das in ein rotes Tuch gehüllte Buch hervor und wickelt es heraus.)* Nimm du's!

Vroni.
Ich dank dir recht, Jakob. *(Indem sie sinnend die Hände mit dem Gebetbuch sinken läßt, blättert sie dasselbe auf.)* Da liegt ja ein Brief drein?!

Jakob.
Weiß's – hab's so aufg'funden – Is noch von damal'n an Vater.

Vroni.
Was steht denn drin?

Jakob.
Weiß's nit – hab 'n nit g'les'n! – is ja doch nur 'n Vater angangen! – Was kunnt drin stehn, was mir noch half' oder schad't? – Geschriebenes mag

ich heut noch schwer lesen – gang ungern dran! Hab nur tracht, daß ich noch daher triff!

Vroni.
's Siegel is eh schon ganz verbröckelt, ich mach 'n auf!

Jakob.
Tu's, is jetzt dein' Sach'!

Vroni *(öffnet den Brief)*.
Er is vom Vater sein'm Bruder, vom Kreuzweghofbauer! – Heiliger Gott!

Jakob.
Du verschreckst ein'n!

Vroni.
Um Gottes will'n, Bruder, los zu, los nur zu, was er 'm Vater g'schrieb'n hat: „Lieber Jakob! Dein Testament, worin Du die Burger Vroni und ihre zwei Kinder als Erben von all Dein Hab und Gut einsetzt, hab ich erhalten. Es ist nit schön, daß Du mich und, meine Kinder so g'ring drein abfertigst..."

Jakob *(auffahrend)*.
Jesus, Maria, so steht's drein? – Und dös wär der Beweis g'wes'n. *(Faßt mit beiden Händen nach seinem Kopfe.)* Vroni – dös gibt mir 'n Rest – mir wird schwindlich! – Ich wär nit schlecht word'n, Vroni, hätt nit g'sehn, wie der Kreuzweghof is reich und ang'sehn g'wes'n dabei – mein ganz' Leben voll Not und Schand' – war rein unnötig – nur dös Fetzl Papier – Jesus und Josef! Is dös a dumme Welt. *(Senkt den Kopf und greift unsicher um sich.)* Vroni! Vroni!

Vroni.
Bruder, um Himmels will'n, bleib bei dir! Du darfst jetzt nit versterben. Denk an unsern Brief, wart ab, die Ahnl muß gleich mit 'm Bader da sein.

Jakob.
Z' spat! Alles z' spat! – Mich freut nur oans, daß dir's noch gut gehn wird und der Ahnl – und daß ich noch rechtzeitig nach hoam troffen hab. *(Blickt durchs Fenster.)*

Vroni.
Is dir leichter?

Jakob.
Weiß's nit – Hörst, Vroni?

Vroni.
Was willst denn?

Jakob *(zeigt nach der Zither)*
Könntst? – Möchtst? –

Vroni.
Die Zither soll ich dir spielen?

Jakob *(nickt).*
Noch was – *(Sagt im Tonfall der Melodie des kommenden Liedes:)* "Dös war' mein letzter Wunsch."

Vroni.
Dös Lied soll ich dir jetzt singen?

Jakob *(nickt).*

Vroni.
Ich kann nit, Jakob, ich kann nit.

Jakob *(lächelt etwas und sagt wie oben).*
„Gib mir die G'währ."

Vroni.
Ich kann dir nix abschlag'n, aber hart wird mir's. – O du mein Gott, so viel hart. *(Richtet sich am Tisch die Zither.)*

Jakob *(faltet die Hände).*

Vroni *(setzt mit gebrochener Stimme ein, bezwingt sich aber und singt dann mit der scharfen Prononcierung der ländlichen Lieder weiter).*

> Dös war' mein letzter Wunsch,
> gib mir die G'währ'

laß mich in der Heimat sterb'n,
himmlischer Herr.

Grüner Tann, blaue Berg',
du dunkler See,
euch möcht ich nochmal sehn,
bevor ich geh.

Möcht sterb'n in Elternhütt',
daß noch bewußt – *(Liese tritt ein.)*
ich mein' Kopf legen kann
an d' liebste Brust.

Jakob *(wendet sich).*
Großmutter! Großmutter!

(Liese eilt zu ihm, er legt das Haupt an ihre Brust.)

Ich mein' Kopf legen kann
an d' liebste Brust.

Daß mir die liebste Hand
d' Augen druckt zu,
b'hüt dich Gott, Heimatland,
ich geh zur Ruh.

B'hüt dich Gott, Heimatland...

(Vroni birgt laut schluchzend ihr Gesicht. Jakob stirbt; der Anblick wird dem Publikum durch Liese entzogen, die sich über den Sterbenden beugt; unter dem spielt das Orchester die Repetitionszeile und fällt der Vorhang.)

Zweiter Akt

Wohnzimmer im Gehöfte Ferners.

Behäbig ausgestattet, an den Wänden Heiligenbilder. Eingang Mitte, über dieser Türe, die offensteht, so daß man in die vordere Stube sieht, ein

Madonnenbild mit einem Herzen von Messing und eine brennende Lampe mit rotem Glas davor. Zwei Fenster rechts, an dem vorne steht ein Tisch mit Stühlen. Links zwei Stühle, auf einem eine Joppe; ein Schrank, worauf ein Hut. An der Tür Weihwasserbehältnis.

Erste Szene

Ferner in bequemer Hausjoppe und Höllerer sitzen an dem Tische, letzterer mit dem Rücken gegen das Fenster. Beide rauchen und haben vor sich einen Krug und Imbiß; später Crescenz.

Höllerer.
Der Tag neigt sich; heunt kommt dein Sohn wohl nimmer, müßt ja sonst schon da sein. – Warten wir nit unnötig, und ich kimm' nit gern spät heim. – Wo steckt denn der Toni?

Ferner.
Wird mit der Crescenz gangen sein, mein' Wirtschaft anschaun. Hat a gute Führerin, die weiß Bescheid. *(Sieht durch das Fenster.)* Kann gar nit weit sein, denn dort drüben steht die Crescenz und plaudert mit der Großdirn.

Höllerer.
Ruf s' rein!

Ferner.
Soll gleich da sein. *(Steht auf und ruft vom rückwärtigen Fenster:)* Crescenz! He! Kimm rein!

Crescenz *(außen).*
Gleich, Vater.

Ferner *(dasselbe schließend).*
Freilich wohl, gleich. *(Kommt an den Tisch zurück.)*

Höllerer.
Dein Viehstand und Hauswesen is bekannt weit und breit. Wie steht's denn draußt auf die Felder? Bist z'frieden?

Ferner.
Ah freilich! Ich dank Gott dafür! Es is a gesegnet Jahr.

Höllerer.
Bin auch z'frieden, wenn wir's so reinkrieg'n, wie's draußt steht.

Crescenz *(kommt herein)*.
Da bin ich. – Was wollt's denn, Vater?

Höllerer *(auf Ferner)*.
Der Vater will dir nix, aber *der* Vater fragt dich: Dirndl, was hast denn mit mein' Bub'n ang'fangt, daß d' ihn nit mitbringst? Hast 'n leicht verlor'n oder gar versetzt?

Crescenz.
War' er verlor'n, könnt's ihn schon austrommeln lassen, ich such' ihn nit; war' er aber versetzt, ich löset ihn a nit aus.

Ferner.
Na ich hoff, es werd't's doch nit am ersten Tag zum warteln ang'fangt hab'n.

Crescenz.
Ah freilich, tut er ja grad, als müßt' mir's a Gnad' sein, daß er mit mir geht; ich hab ihm aber gleich g'sagt, ich wär die Crescenz mit 'm hart' Talersackel und nit die Vroni mit 'm Fetzenbinkerl.

Höllerer.
Sikra h'nein! Dös hat's nit Not! Er hat a Talersäck'.

Ferner.
Mußt nit so rar tun mit 'm Toni. Die Dirn kann ihn leiden und ich wett', sie hat nur von d' Taler g'red't, weil s' dös von der Vroni g'magerlt hat.

Höllerer.
Kannst recht hab'n. Die verliebt' Weibsleut' schlag'n a auf d' Talersäck' und meinen den Esel, der s' drum nimmt. Kreuzdividomini! Wo is er denn hin, der Wildling?

Crescenz.
Von mir davong'rennt.

Höllerer.
Vielleicht heim?

Crescenz.
Na, die entgegengesetzte Straß'.

Höllerer.
Sternsakra! Wohin?

Crescenz.
Weiß ich's? Vielleicht auf Ottenschlag zu der Dirn', der Vroni nach.

Höllerer.
Na, das wär unnötig.

Crescenz.
Er hat g'sagt, er wußt wohin, wo man 'n lieber hätt.

Höllerer.
Na, du kimm mir heut heim. – Die dumm' G'schicht' hat mir nie angestanden – mein', 's is aus – und jetzt! Hätt'st 'n auch d' erst' Zeit festhalten können, daß er s' vergißt.

Crescenz.
Soll er s' nehmen.

Höllerer.
Tu nit so. G'schähet uns allz'samm kein G'fall'n, dir zum wenigsten.

Crescenz.
Wann er so is.

Ferner.
Sei du still, Dirn! Und du, Schwiecher, sag 'm Toni, er soll kein' Narr'n spiel'n, sonst war's wohl nix!

Höllerer *(aufstehend)*.
Is enk so weng dran g'leg'n? Ich merk's, er soll enk nur 'n Narr'n mach'n, dann wird erst recht was draus.

Ferner.
Schwiecher!

Höllerer.
Ach was! Schwiecher hin, Schwiecher her! Hast du ihm dein' Dirn nit naufg'worfen?

Ferner.
Ich hätt ihm s' naufg'worfen?

Höllerer.
Vielleicht nit? Hast's nit?

Zweite Szene

Vorige. Franz ist durch die vordere Stube gekommen und tritt jetzt in die Tür.

Franz.
Guten Abend miteinander!

Ferner.
Weißt, kann s' auch behalten.

Höllerer.
So b'halt s'! B'halt s'!

Ferner.
Kommen g'nug drum.

Höllerer *(nimmt seinen Hut)*.
Aber keiner, der ein' Adamshof anrainen hat.

Franz *(überschreit die Streitenden)*.
Holla, he! Streit und kein Ende! Soll ich ewig da zwischen Tür und Angel stehn? Wer ist da der Herr vom Haus?

Ferner.
Der bin ich!

Franz.
Freut mich! – Ich bin der Franz Ferner!

Ferner.
Also Ihr... Du bist's Franzl?! *(Tritt, ihn fixierend, zögernd näher und bietet ihm die Hand).* Der Herr g'segn' dein' Eingang und dein' Ausgang in diesem Haus!

Höllerer.
Amen!

Ferner.
Schön, daß d' 'kommen bist...

Franz *(auf Crescenz).*
Ist das die Schwester?

Ferner.
Ja, das is die Crescenz!

Franz *(auf Höllerer).*
Und Euer Gast da?

Höllerer *(gibt ihm die Hand).*
Der Bauer vom Adamshof, junger Herr!

Ferner.
Wir sein Schwiecher z'samm'...

Höllerer *(schüttelt ihm die Hand).*
Freilich! Freilich! Kreuzdividomini! Und ein Herz und ein Sinn!

Ferner.
Sein Sohn heirat die Dirn' da. Crescenz, rühr dich doch, wann der Bruder kimmt!

Crescenz *(zu Franz).*
Grüß Enk Gott! – G'fallt's Enk da?

Ferner.
Dumm's Ding, kannst nit zum Bruder „du“ sag'n?

Crescenz.
Dös „du“ sagen wird mir völlig schwer! Ich muß's erst g'wöhnen, denn so hab ich mir 'n nit vorg'stellt. Er schaut aus wie die Stadtherrn, wann s' auf d' Jagd herkämmen, und ist doch a Student, und a Student, mein ich, tat sich schicklich doch nur schwarz trag'n wie a geistlich' Herr, und 's geistlich' G'wand, mein ich, müßt'm Bruder so viel gut stehn!

Ferner.
Pst!! Dirn! Mit der Tür muß man nie ins Haus fall'n!

Höllerer *(pfiffig)*.
Und noch gleich gar mit der Kirchtür!

Crescenz.
Es hat mir's nur so rausg'riss'n, weil dös weltlich aufg'stazte Zeug für ihn sich völlig nit schickt in unsern fromm' Haus; wir sein dafür in der ganz' Gegend bekannt, und der Vater gilt für ein' halben Heiligen!

Franz *(ironisch,)*.
So?

Ferner *(zu Crescenz)*.
Mußt nit so red'n, wir sein alle sündige Leut'!

Höllerer.
Sie is völlig derschrocken über 'n eigenen Bruder, weil er nit schwarz kimmt. Hehe! Narrische Dirn, wer weiß, was noch g'schieht! *(Leise zu Ferner.)* Weiß jetzt schon, was d' willst, weiß schon – die Dirn' schwatzt dir nit übel aus der Schul'; na, mach's nur richtig und all's bleibt beim alten! *(Laut.)* Komm, Crescenz, kannst mir a d' Wirtschaft zeig'n, der Vater hat sich g'wiß mit sein'm Suhn z'erst alleinig ausz'red'n!

Ferner.
Freilich wohl! Geht's nur zu!

Höllerer.
Wann d' uns brauchst – sein glei wieder da! – B'hüt Gott derweil!

Crescenz.
B'hüt Gott, Bruder! Hör nur fein auf Vaters' Wort!

Höllerer.
Wohl! Wohl! Wenn man auch aus der Stadt kommt, auf Vaters Wort hör'n, bringt kein' Schand'. *(Beide ab.)*

Franz.
Adieu, kluge Schwester! Servus, weiser Adamshofbauer!

Dritte Szene

Ferner geht zur Mitte und macht die Türe zu. Franz steht mitten im Vordergrund währenddem, zeichnet mit dem Stock Figuren auf die Diele und pfeift vor sich hin.

Ferner *(kommt zum Tische zurück. Spricht die Eingangsreden immer ohne Franz anzusehen)*.
Magst dich nit setzen, Franz?

Franz *(setzt sich)*.
Hm, ja! Bin rechtschaffen müde, ich bin übers Gebirg gegangen und habe mich lange in den Steigen nicht zurecht gefunden.

Ferner.
Du hast schön' Wetter g'habt bisher?

Franz.
Leidlich!

Ferner.
Wird so bleiben a Weil'! Reut dich wohl nit, daß d' her bist? Die Weg' da 'rum sein schön.

Franz.
Ja, ist 'ne schöne Gegend!

Ferner.
Da hab'n wir noch a Restl Wein stehn. Magst trinken? *(Schenkt ein.)* Lang zu!

Franz *(stürzt den Wein hinab)*.
Danke!

Ferner.
Du kannst's aber! *(Schenkt ein.)* Na nochmal!

Franz.
War nur für 'n ersten Durst; ich trinke nicht fort in dem Tempo!

Ferner *(schenkt sich ein)*.
Muß dir's nachtun! *(Trinkt.)* Aufrichtig, Franz, ich red mich hart mit dir, wir sein völlig wie zwei fremd' Leut' zu einand' und sein doch Vater und Kind! – Geh, leg doch dein Zeug da ab, bist ja zu Haus!

Franz.
Danke, ist nicht nötig! Gibt vielleicht bald wieder Anlaß zum Gehen!

Ferner *(sieht ihn groß an)*.
Was red'st?

Franz.
Sagt mir grad heraus, was Ihr eigentlich mit mir vorhabt!

Ferner.
Werd schon drauf kämma, Franzl! Kimm schon noch drauf, laß dich vorerst nur recht anschau'n. Du bist mir als so klein *(zeigt es)* aus 'm G'sicht kommen, kann's kaum glauben, daß ich ein' so großen Sohn haben soll, und wie d' sauber word'n bist! Bist mir doch nit in der Stadt verdorb'n word'n?

Franz *(bedeutsam)*.
In der Stadt nicht!

Ferner.
He, trink nur noch eins! – Sag mal, hast auch a Anhänglichkeit an deine Leut'? Hast dein' Schwester gern?

Franz.
Sonderbare Frage! Ihr sagt doch selbst, wir stehen zueinander wie Fremde...

Ferner.
No weißt, ich denk nur, Geschwister haben sich sonst doch allmal gern,

b'sonders a ledig' Bursch, der noch kein' Schatz hat, halt' gewöhnlich viel auf seine Schwester. Is a recht a liebe Dirn', die Crescenz! Laß dir nur sagen, die macht a gut' Heirat, kriegt 'n Toni vom Adamshofbauer.

Franz.
Gönn ihr's vom Herzen!

Ferner.
Is a Red, sollst leben! *(Stoßt an Franzens Glas und trinkt.)* Gönnst ihr's vom Herzen, is a Bruders Red'! Bist a guter Bursch! – Mußt halt aber auch was dazutun, daß s' ganz z'frieden und glücklich wird!

Franz *(ironisch, gedehnt)*.
So –? –!

Ferner.
Ja, ja, Franzl, g'wiß! Aber wir lass'n uns nit spotten, gelt, Franzl? Wir sein dabei, wo's gilt, der Welt z' zeig'n, daß die Fernerschen auf 'n Kreuzweghof z'sammhalten und daß wir unser' Crescenz zum Ausbund von alle Bäurinnen machen! Weißt, der alt' Adamshofbauer – hast 'n vorhin g'sehn – dös is a Findiger, sein Anwes'n, 's zweitgrößt' im Land nach meim', raint an unsers an, und da liegt's ihm in Sinn, wann dö zwei Höf' in oans kommen, was das für a Stuck Land wär – war a allweil mein Denken! – und da hab'n wir's ausgemacht, er gebet 'm Toni sein G'höft, ich der Dirn' das mein' und setzeten so die jung' Leut' aufs größt' Fleckl Erd' im Land! Dö werd'n sich doch rühr'n können, wann a ihr' mehrer werd'n, was, he? So is's halt unter uns ausgemacht, no und jetzt, was meinst denn du dazu? Dich mußt man doch auch hör'n, drum hab ich dich herkommen lass'n!

Franz.
Wie hübsch Ihr doch um den heißen Brei herumschleicht – und damit Ihr Euch ja nicht das Maul verbrennt, verlangt Ihr noch obendrein von mir, ich soll Euch in die Schüssel blasen; nun, wenn Ihr das Zulangen nicht erwarten könnt, ich stell sie Euch gleich kalt, greift zu! Die beiden Höfe sollen in eins, aber auf eine Art, die auch mir taugt – der Alte vom Adamshof wird doch ein mannbares Mädl haben?

Ferner.
Ja – eine wär's schon! Die Plonerl!

Franz.
Gut, so gebt der den Adamshof und ich heirat die Dirn!

Ferner.
Du? Haha! Du, Franzl?! Hör, du bist aber einer, du hast G'späß in dir! Haha, der Toni möcht sich bedanken, was g'schähet denn mit ihm?

Franz.
Steckt den Burschen in die Kutte.

Ferner *(bedeutsam)*.
Aber Franzl, er is ja kein G'studierter!

Franz.
Aber ich bin einer!

Ferner *(etwas betroffen, doch gleich gefaßt)*.
Ja, du bist a G'studierter, ja, und dös is mein Stolz, und weil wir jetzt bei der Sach' sein, so sag ich dir's auch, es war der Wunsch deiner Großmutter und deiner Mutter – Gott hab s' all' zwei selig! – und es wär mein größter Stolz und mein' größte Freud', wann d' nur möch'st geistlich werd'n!

Franz *(steht auf)*.
Nun also, da sind wir bei der Stange! Warum habt Ihr das denn nicht gleich gesagt? Ihr hättet Euch ersparen können, nach meiner Anhänglichkeit an die Familie, nach meiner Geschwisterliebe zu fragen, Ihr hättet Euch ersparen können, Eure ökonomischen Rücksichten und Pläne aufzuzählen; Ihr hättet es endlich Euch ersparen können, mich fühlen zu lassen, daß Ihr das Eure und was etwa an fremden Tauben noch zufliegen mag, lieber Eurer Tochter gönntet, die Euch für einen halben Heiligen hält, als mir, der Euch als ganzen Sünder kennt! Es taugt nicht, daß Ihr mir bei dem, was ich weiß, noch solche Dinge merken laßt!

Ferner *(steht auch auf, beschwichtigend)*.
Franz, hör mich an...!

Franz.
Kreuzweghofbauer – hättest du mir offen herausgesagt, was dir am Herzen liegt, ich hätte dich ruhig angehört und dir ebenso ruhig „nein“ gesagt; da du mir aber mit Winkelzügen kommst, so laß dir jetzt sagen: Bisher hat dein Verbrechen bei mir die Natur unter ihr Beichtsiegel genommen – ich bin nun einmal doch dein Kind und ich wollte der Welt nicht das Schauspiel geben, daß der Sohn gegen den Vater als Ankläger auftritt – aber hüte dich! Du hast nimmer den Knaben von damals, du hast jetzt den Mitwisser vor dir, der reden oder schweigen kann, wie es ihm nützlich oder dienlich erscheint. Mich, das laß dir gesagt sein, kann nichts bestimmen, die Mühe meiner Studien an den opfervollsten und schlechtbesoldetsten Stand zu wenden, für den ihr ohne Beruf und Weihe eure Söhne preßt, sie der Familie und dem Vaterlande entzieht, um sie in den ärmlichen Sprengeln ihrer Heimat als das hausen zu sehen, was man sie nicht werden, sondern bleiben läßt – als Bauern in der Soutane!

Ferner.
Franz! Franz! Laß mich reden! Ich hab's ja seit damal neamand anvertrauen können, was nur wir zwei auf der Welt wissen und unser Herr da droben – verstehst, Franz, wie das druckt, wie a Mühlstein liegt's auf mir und nachtig glaub ich oft, ich werd irrsinnig, wann ich denk, ich hab 's Abendmahl so oft g'nommen und davon nie etwas beicht! – Franz, 's is keiner auf der Welt, dem ich's nit z' sagen brauch und der doch davon weiß, wie du – du bist der einzige, der mich ohne Red' und Gegenred' entsündig'n, der mir in meiner letzten Not einmal die Sünd' aussegnen kann! Franz! Franz! Verlaß dein Vatern nit!

Franz *(macht sich von dem ihn Umklammernden los).*
Ich glaube, Ihr seid jetzt schon von Sinnen! Aber es ist Methode in Eurem Wahnsinn, und Euer Mittel ist drastisch! Ihr würdet Eurer Sünde, ich meines Erbes auf die einfachste Weise ledig, und die Cenzi kriegte den Toni und geistlich' und weltlicher Vorteil gingen hübsch Hand in Hand! Wenn Ihr schon Entsündigung sucht – warum denn bei dem Mitbefleckten und nicht bei den Reinen? Warum laßt Ihr nicht die

Crescenz Nonne werden und für uns beide beten? Nach Eurem Denken muß ja doch die Fürbitte der Reinen beim Himmel mehr vermögen!

Ferner.
Die Cenzi – die Cenzi. Das arme Dirndl weiß von nix! Soll die's entgelten?

Franz.
Ihr habt nicht den Mut, ihr, die von nichts weiß, unter die Augen zu treten als der, der Ihr seid? Ihr wollt den Vater, den halben Heiligen, bei ihr nicht im Kurse fallen machen, der Fromme wollt Ihr in den Augen dieses unerfahrenen Dinges bleiben. Ihr seid aber so fromm, daß Ihr darauf sinnt, die erste Sünde durch eine zweite wett zu machen – weil Ihr zu gut wißt, daß jeder Priester, dem sein Amt heilig ist, Euch das ungerechte Gut nicht in den Händen lassen würde, so wollt ihr den Himmel selbst hintergehen und Euch für Euren Privatgebrauch einen Gelegenheitspriester konstruieren, der Euch auf eigne Faust entsündigt. So wollt Ihr –! Nicht aber was ihr wollt, kommt hier in Betracht, sondern was ich will oder nicht will!

Ferner *(reckt sich hoch auf, den Atem ausstoßend)*.
So?! So herrisch?! No, red dich nur aus!

Franz.
Was ich jedoch will, das sag ich Euch jetzt kurz und bündig: Dieses Gut hat mich schon Opfer genug gekostet, seine unrechtmäßige Erwerbung hat mir die Tage meiner Kindheit vergiftet, die bange Sorge langjähriger Mitwisserschaft hat mich menschenscheu und freundlos gemacht. Ihr habt nicht das Recht, das Opfer noch von mir zu verlangen, das mir den Preis aller früheren entreißt – ich will hier Herr sein!

Ferner *(verbissen)*.
Herr willst sein? Hast recht – hast recht – vergant, verwirtschaft das ganze Gut –!

Franz.
Das geschieht nicht, seid ohne Sorge! Ich bin Eurem Ruf gefolgt und hergekommen, weil ich glaubte, Ihr wolltet Euch etwa zur Ruhe setzen und jüngeren, kräftigeren Armen die Arbeit anvertrauen; sie wäre ganz

gut besorgt worden, darauf hättet Ihr Euch verlassen können, denn ich muß Euch gestehen, daß ich durchaus nicht in der Lage bin, Euren Fürsprecher beim Himmel abzugeben, denn ich habe nicht mit unserm Herrgott Latein, sondern bloß mit Euch und andern Deutsch reden gelernt; was ich sonst gelernt habe und ob ich zum Großbauern tauge, das könnt Ihr in der landwirtschaftlichen Schule erfragen.

Ferner *(ganz erstarrt).*
Du hast nit g'studiert?

Franz.
Latein nicht.

Ferner *(stürzt auf ihn zu).*
Schuft! Schuft! So betrügst du dein' Vatern um sein Geld und um sein' letzt' Hoffnung auf a ruhig' Sterbstund'.

Franz *(drückt ihn nieder auf den Stuhl).*
Das ging vor acht Jahren – jetzt müßt Ihr Euch nimmer an mir vergreifen – übrigens war's Eure eigne Mutter, die nun seit einem Jahre in kühler Erde ruht, die Euch täuschte, um den Enkel froh zu machen – ich segne ihr Angedenken dafür.

Ferner *(hat den Kopf gesenkt und fährt sich mit zitternden Händen durch die Haare).*
Nein, nein – ich tu dir nix! – Wirst halt warten müss'n, bis d' hier Herr wirst, warten wirst müss'n, solang ich leb – *(aufschauend)* und mein' Hand zieh ich ab von dir – und auf mein' Totbett – auf mein' Totbett – verfluch ich dich noch! –

Franz *(aufschreiend).*
Kreuzweghofbauer! *(Ernst.)* Besinn dich, eh du von Fluch und Segen sprichst! Du kannst Gott nicht zu deinem Anwalt machen, nachdem du ihn zum falschen Zeugen entwürdigt.

Ferner *(bricht kraftlos zusammen).*
Jesus, Maria! So red't mein eigen' Fleisch und Blut!

Franz.

Du tust nit wohl daran, Kreuzweghofbauer, in dieser Stunde mich zu erinnern, was ich dir sein sollte, denn ich denke dann auch daran, was du mir warst von meiner Kindheit an bis zum heutigen Tage. Weißt du denn auch, was du ohnehin für alle Zeit in mir zerstört hast? – Die Familie – die Freundschaft – die Liebe! Das alles ist für mich Legende, die Familie ist für mich tot seit meiner Kindheit, du weißt den Tag, an dem sie starb. – Die Freundschaft! Woher mit der Last unseres Geheimnisses auf dem Herzen nähme ich einen Freund? Immer den einen Gedanken ängstlich deckend, ängstlich bergend wie ein häßliches Gebrest am Leib, könnt ich mich seiner nicht erfreuen, und rede ich, entweder wendet er sich scheu von mir, oder aus dem Freunde wird ein Verräter! – Und der goldenste Traum des Daseins – die Liebe! Ich suche ihn als meine Entsündigung, wie du die deine suchst! Ich suche ein Weib, dem auch ich nicht bekennen müßte, was mir auf der Seele lastet, das auch den ganzen Fluch meiner Vergangenheit und die ängstigende Pein der Gegenwart kennt und das mich trotz allem getreu lieben könnte. Ich suche umsonst, das weiß ich, und nichts bleibt mir über, um nicht ganz am Leben bankrott zu werden, als darüber zu wachen, daß mir wenigstens der Preis meines Schweigens nicht entgeht; du kannst dich nicht beklagen, Bauer, daß ich dich überhalte, ich habe meinen Menschen verloren, den frisch von der Natur angelegten Menschen, der übermütig die Erde mit Füßen tritt und keck ohne Frage zum blauen Äther hinaufblickt, und der, du magst mir's glauben, war mir um dein G'höft nicht feil!

Ferner *(zitternd, faßt Franz mit beiden Händen und drückt ihn neben sich auf den Stuhl).*

Franz! Franz! Du mußt mich anhören! Du mußt mich auch anhören, eh du mich schlecht machst. Laß dir sagen, was mir schon die Jahr' her auf'm Herzen liegt. Ich hab damal an nix Schlechts denkt, der Herrgott im Himmel is mein Zeug', ich hab damal nix Schlechts denkt! Es hat mir wohl weh tan, wie der Bruder sagt, er will seiner Zuhälterin und ihr'n Kindern alles vermachen, aber ich hab mir denkt, soll's so kämma, so soll's halt sein! Der Bruder is drauf krank mit 'm Bub'n, 'm Jakob, nach Wien fort, und die Burger Vroni hat sich breit g'macht auf'n Hof, als ob s' schon da die Bäurin wär', sie hat g'wußt, wie weh's uns tut, und sie hat's uns g'spür'n lassen. – Da is 's Testament vom Bruder aus der Stadt kämma, ich hab's ruhig in die Lad' g'legt und mir denkt, der Bruder kimmt ehnder wieder, hab ihm ein' Brief geschrieben, daß ich 's Testament kriegt hätt, hab aber kein' Menschen a Sterbenswörtel davon g'sagt, daß 's neamand etwan der Vroni stecken kann, damit die nit gegen uns no quälerischer wurd, als s' eh schon war. – Auf einmal kimmt der Totenschein vom Bruder ins Haus – wie mir da war, das kann ich kein' Menschen beschreiben, jetzt war die Vroni wirklich obenauf und, wann ich auf mein Weib und enk zwa Kinder g'schaut und dabei denkt hab, wie des Vaters reich' Erbschaft jetzt in fremde Händ' soll, da hat's mir 's Herz z'sammzog'n! A öften hab i mir denkt, tragst jetzt in Gotts Nam 's Testament zu G'richt, und nachtig, wann ich kein' Schlaf g'habt hab, bin ich auf, hab's stad aus 'm Kasten g'nommen und für morgen z'recht g'legt – aber wann dann eins von euch, wie's ruhig dag'leg'n seid's, aufg'seufzt habt's in der still' Nacht, und ich hab dann so hing'schaut nach 'm Weib und nach enkere zwei Betteln, da hat mir die Hand zittert und ich hab die Schrift z'ruckg'legt, hab mir denkt, sollst ihnen 's jetzt schon sagen, daß s' fort von Vaters Haus und in hart' Arbeit müssen? 's is ja noch Zeit, laßt s' in ihrer Ruh', so lang's noch sein kann! – So is die Schrift wochenlang bei mir in der Lad' g'leg'n. Da hat's der Vroni z' lang 'dauert und sie is zu G'richt g'rennt. Und wie ich so zum ersten Verhör kimm und triff sie dort, wie s' so spötti lacht, als müßt's jetzt sein, wie sie sich's denkt, und wie der Richter mich so herrisch anschreit – als ob ich der größt' Halunk' auf der Welt wär –, wo ich s' Testament hätt? da hab ich mir denkt, was is da weiter, was hab ich tan, daß der so in mich neinschreit? Ich bin trutzig word'n und hab g'sagt: Es war nit nötig, daß das vor G'richt kam, wann auch a Testament da wär! – Da schreit der Richter: „Ist vielleicht keines da?" Da is mir z'erst der Gedanken kämma, ob ich nit sagen könnt, es wär keins da. Ich war im Zorn und hab mit der Vroni zum warteln angefangen und da sein wir so in Streit kämma, daß uns der Richter all' zwei hat nausführen lassen! Trutzig bin ich heim kämma, ich hab noch nit g'wußt, was draus werd'n soll, und hab meine Händ' zu unsern Herrgott aufg'hob'n, er sollt a Zeichen tun, ob er's nit um der Kinder will'n und ob dem sündig' Leben, was die Vroni mit 'n Bruder geführt hat, derer zur Straf', verzeih'n möcht, wann ich das Testament unterschlaget?

Du mußt wissen, Franz, ich hab bis dahin noch alleweil Angst g'habt z'weg'n dem Brief, den ich 'm Brudern g'schrieb'n hab, weil der nit an mich z'ruckkämma is, daß er etwa in unrechte Händ' kummen wär; wie aber der Brief is wie verschwunden blieben, als hätt 'n der Tote selber ins Grab mitgenommen – sixt, Franz, da hab ich mir's als erstes Zeichen ausg'legt und ich hab von da ab g'sagt: Es is kein Testament da! – Da is 's G'richt weiter gangen und hat mir 'n Eid drüber auferlegt. – Wann nur dös nit wär, Franz, wann's nur dös nit gäbet! – Du kannst dir nit denken, wie mir war! Ich kunnt doch jetzt nit sagen: 's Testament is ja da! Nit nur alles wär verloren g'west, mich hätt'n s' obendrein g'straft und ös hätt's derweil kein' Vatern g'habt und leicht a kan Brot – nur Elend und Schand'! Da bin ich an dem Tag, wo ich 'n Eid hätt leisten soll'n, in aller Fruh' in die Kirch', hab wieder die Händ' zum Himmel g'hob'n und unsern Herrgott bitt, er soll mir nochmal a Zeichen geb'n, und wie die Stund' schon rankimmt, wo ich in die Kreisstadt soll, und es is allweil noch nix g'schehn – da ruckt's auf einmal an meine Knie, ich schau auf, steht die kleine Crescenz vor mir, die die Mutter schickt, daß ich mich nit versäumen soll – da is vor mir g'stand'n im weißen G'wandl, die g'schneckelten Haar am Köpferl, wie a Engerl vom Himmel und hat g'sagt: „Voda, sollst schwör'n gehn!" – Da bin ich ruhig aufgestanden, hab 'm Himmel dankt für sein' Gnad' und mir g'lobt, um der Kinder will'n nähm ich die Sünd' auf mich, bin nach der Kreisstadt, aufrecht bin ich in G'richtssaal neingangen, nur wie ich vorm Kruzifix mit die brennenden Lichter steh, wird mir auf amal die rechte Hand wie Blei, als könnt ich s' nit aufheb'n – da kommt mir von Gott der Gedanken, schwörst nit, es wär kein Testament vorhanden, schwörst nur, es wär nit da – das hat mir Kurasch geben, denn die Schrift is ja wirklich viel meilenweit in mein' Kasten versteckt g'leg'n, ich hab 'n Eid ganz klar und deutlich nachsag'n können und alles war gut! Kannst dir mein' Schrecken denken, wie ich drauf heimkomm' und wie ich in der ruckwärtig'n Kuchl die Schrift verbrenn und du stehst auf amal dabei – Ich hab nit g'wußt, was ich tu, Franz, ich hab damal nit g'wußt, was ich tu! – Mir war, als ziehet Gott doch sein' Hand auf amal von mir ab! – Ich war wie verzweifelt! *(Kleine Pause.)* Später aber, wie durch all' Jahr Seg'n aufs Haus und Feld g'leg'n is, da is mir auch ein Licht auf'gangen, daß mir unser Herrgott dös Gut nur wie ein'm Verwalter übergeben und dabei auch z' gleichzeit bestimmt hätt, wem von euch zwei als 's g'hör'n soll. Du weißt jetzt, wie's kämma is. *(Scheu.)* Franz, i weiß nit, wie damal, wo du auf einmal vor mir g'standen bist, faßt mich auch heut a Angst, daß ich mich in die Erd' nein verkriechen möcht; grad wie damal so heut trittst du derzwischen, es is, als sollt die G'schicht' nie zu ein' End' kämma! Ich weiß nimmer, was werden soll – Jesus! – Unser Herrgott behüt uns alle zwei – ! *(Stützt den Kopf in beide Hände.)*

Franz *(steht auf und legt ihm die Hand auf die Schulter).* Es wäre uns beiden wohler, alter Mann, wärst du dein Leben lang weniger, was du fromm nennst, gewesen, aber immer ehrlich geblieben! *(Geht von ihm weg nach rechts.)*

Vierte Szene

Kurzes Klopfen.

Vorige. Vroni tritt ein und geht rasch vor, wobei sie die Mitte gewinnt.

Vroni.
Guten Abend!

Franz *(aufmerksam machend).*
Vater!

Ferner *(erhebt den Kopf aus den Händen).*
Wer is's? Du?!

Vroni.
Grüß Gott miteinander! *(Zu Franz, der fort will.)* Bleib nur da – kannst auch hör'n, was ich mit 'm Matthias Ferner z' reden hab!

Ferner *(ist aufgestanden und tritt, ganz der alte, auf sie zu).* Z'reden hätt'st mit mir, keck's Ding! Wird wohl nix so G'wichtigs sein und hat wohl auch a andermal Zeit! Wär grad heut aufg'legt zu ein' Diskurs mit dir! – Wann d' aber schon kommst, so tritt nit in die Stuben, wie vom Himmel g'fall'n; und klopfst schon an, so wart auch, bis man dir „Herein“ sagt; dann muß ich dir noch sag'n, daß ich da Herr von Haus und Hof bin und für dich nicht Matthias Ferner, sondern Kreuzweghofbauer heiß, das dermerk dir und, wann d' nächst' Mal kommst, so komm mit Art und hitzt geh!

Vroni.
Es taugt mir aber grad heut und derentweg'n mußt dich also nit harben über meine Unarten, ich bin schon so! – In *die* Stuben da hoff ich noch a öften z' kommen, ohne Anklopfen, und wann ich dich Matthias Ferner heiß, is's doch allweil dein ehrlich' Nam', und ob dich d'Leut noch lang' so ruf'n werd'n, drauf möcht ich nit schwören, leicht heißt d' in paar Wochen schon im ganzen Land, wie d' bei der Ahnl in Ottenschlag schon d' Jahr her heißt, der Meineidbauer!

Ferner *(auffahrend)*.
Noch so a Wort, Dirn...! *(Bezwingt sich und schupft die Achsel.)* Bei der Alten in Ottenschlag rappelt's, und die hat dich jetzt wohl auch verruckt g'macht?!

Vroni.
Die Ahnl weiß derweil noch nit, was ich weiß – und ich war noch nie gescheiter wie heut! Auf 'm Adamshof hab ich dir in der Fruh' g'sagt, daß ich nit g'wart hätt bis heut, wußt ich von deiner Sünd' – daß ich aber hoff, ich käm dir noch drauf – da hab'n wir wohl keins denkt, daß ich dir jetzt am Abend sag'n kann: Ich bin dir draufkämma und ich wart auch nit! – Ich wart nit und unser Recht muß uns gleich werd'n, denn das alte Weiberl drob'n in Ottenschlag hat wenig Zeit mehr zum Warten! Ich wart nit, denn die Leut' können die Wahrheit nie zu zeitlich erfahr'n und ich denk, *die* Lug ist alt gnug word'n! – Aber als ehrlicher Feind komm ich auch, dir ins G'sicht z' sag'n, daß's aus is mit 'm Landfrieden zwischen uns zwei und auf was d' dich darfst g'faßt machen! Die nächste Sonn' sieht mich bereits auf 'm Weg nach der Kreisstadt. Ich will hier sitzen auf 'm Kreuzweghof, der unser is von Gotts und Rechts weg'n nach Vaters letztem Willen, und du sollst hinaus auf den nämlichen Weg, den du vor acht Jahr'n mein' Mutter g'schickt hast in Not und Schand'! Nur darfst du dich nicht wundern, wann er bei dir von der „ehrlich'-Leut'-Straß" abbiegt nach 'm Zuchthaus!

Ferner *(schreit auf)*.

Schandmaul! *(Faßt zitternd vor Aufregung nach einem Stuhl.)* Wann dir deine graden Glieder lieb sein, so schau, daß d' fortkommst! Hinter mein' Rücken plant's meintweg'n, was's wollt's, wärmt's den alten Prozeß wieder auf, wann's a überflüssig' Geld habt's – Recht wird Recht bleib'n, und für eure Sach' find't sich heut so wenig a Beweis wie damal! Aber in meiner Stub'n, mir ins Gesicht darfst du dich nit übernehmen, das merk und geh mir aus die Aug'n, bevor a Unglück g'schieht!

Vroni.
Laß's gut sein, ich will dich nit länger beschwer'n; aber es steht dir nit gut an, daß du den Hochfahrig'n spielst und mit Recht und Beweis rumwirfst, wo z'neb'n dir in der Stub'n da einer steht, der mit eigne Aug'n g'sehn hat, wo damal 's Testament blieb'n is!

Ferner *(schupft die Achsel, wie mitleidig)*.
Red und red in Tag h'nein – was weißt du? – Leut'g'red'! – *(Auf Franz.)* Rechnet's leicht auf den, wär euch der grad z'recht kämma als Zeug'?

Franz.
Ihr müßt doch wissen, daß mich niemand zwingen könnte, Zeugnis gegen den leiblichen Vater abzulegen.

Vroni.
Weiß's und hätt dir's auch nit zug'mut't, aber ich hab ein' bessern Zeugen als dich; ich hab 'n leiblichen Vater selber! – Diesmal gilt's nit gegen a arm' Weib und zwa Waserln, dösmal gilt's gegen dein' eigen' Handschrift und Wort aufzukommen Meineidbauer! Ich hab den Brief, den du damal an Vatern ins Spital g'schrieb'n hast.

Ferner *(sieht sie mit verglasten Augen an)*.
Dös is nit – dös kann nit sein!

Vroni.
's is doch so! Der Brief, der gilt! Und es paßt ganz gut zu dem, was nachher kämma is, daß du schon damal schreibst: „Lieber Jakob, es is nit schön, daß Du mich und meine Kinder so g'ring im Testament drin abfertigst!“

Franz.
Unglückseliger! Dein erstes Zeichen spricht nun wider dich!

Ferner *(wankt zitternd nach rückwärts zu einem Stuhle, in den er kraftlos zusammensinkt, die Hände vor sich faltend)*.

Vroni *(tritt näher)*.
Siehst, Meineidbauer, so g'fallst mir! Zu was das Großtun, wo wir zwei doch wissen, wie wir miteinander dran sind? Du magst dir's wohl denken, wie ich auf *die* Stund' g'wart und g'wart hab die Jahr her, und drum hab ich auch g'wußt, daß d' mir d'Freud nit verdirbst, wann sie kommt! Daß du klein, ganz klein werden wirst, so *klein*, wie du dich ehender vor alle Leut' *groß* g'macht hast! – So hab ich dich sehen woll'n, vorerst allein, eh noch die Welt dich so sieht – so wollt ich dich haben allein vor mir! Aug' in Aug'! Wie du kein Wort im Maul hast und dir doch deutlich gnug auf der Stirn g'schrieb'n steht: „Du hast mir nit Unrecht tan, ja, ich bin a großer Halunk!" – Das hat mich herg'führt, und jetzt Gute Nacht miteinander! *(Wendet sich und geht bis zur Türe.)*

Franz.
Vroni.

Vroni.
Willst du mir was?

Franz.
Laß mich ein Wort bei dir einlegen für den alten Mann – warte wenigstens noch zu – überlege – überstürze nichts!

Vroni *(ernst)*.
Ferner Franz! Drüben in der Totenkammer zu Ottenschlag liegt jetzt zur Stund' mein Bruder nach ein' elend verkommen' Leben auf 'm Laden; ich hab's aus seine letzten Wort', daß's mit ihm nit so kommen wär, wär der dort ein anderer g'wes'n! Mußt nit für den bitten!

Franz.
Red ich denn für ihn allein? Vroni, trifft's nicht auch mich mit?

Vroni.

Armer Bub, ich weiß, daß du für nix kannst und wie schwer als's is, an fremder Sünd' schleppen! Aber ich kann dir nit helfen; die alte Rechnung muß erst ins reine; wann nix mehr am Kerbholz steht, dann komm und red für dich. *(Reicht ihm beide Hände.)* B'hüt dich Gott!

Verwandlung

Stübchen der Vroni in Ottenschlag.

Seitentüre links. Im Hintergrunde rechts das Bett, mehr links das Fenster, Aussicht, im späteren Bilde sichtbar, auf die Berge. Ein Tisch vorne links. Die Bühne ist, wenn der Vorhang aufgeht, dunkel.

Fünfte Szene

Vroni, wie im vorigen Bild gekleidet, tritt mit Licht in der Hand von links ein, die Bühne erhellt sich.

Lied

Im Stüberl, am Fensterl,
da sitzt a jung' Dern',
fragt nach 'm Herzliebsten
die leuchtaten Stern!
Sie fragt, ob er treu is –
und wie's ihm grad geht?
Wie halt als Verliebter
oans dalket her red't. *(Jodler.)*

(Legt ihr Kopftuch ab, zieht ihre Joppe aus.) Der dös Lied sich ausdenkt hat, hat sicher a g'wußt, daß die Lieb' doch die größt' Spitzbüberei auf der Welt is.

Sechste Szene

Vorige. Toni erscheint und legt sich ins Fenster.

Toni.
Grüß Gott, Vroni!

Vroni *(erschrickt und wendet sich nach dem Fenster)*. Toni?! Herrgott, bin ich jetzt erschrocken! Was willst denn du da? Ich versteh nit, wie dich noch hertrau'n kannst zu mir.

Toni.
Ich wart schon auf dich, seit dämmerig is word'n! Du bist heut fruh in Trutz von mir gangen, dös taugt mir nit. Mußt mich anhör'n. *(Hebt den einen Fuß zum Fenster herein.)*

Vroni.
Bleib du draußt! Ich hab dir nix z' sagen und von dir a nix anz'hör'n. Zwischen uns zwa is's aus, denk ich, und 's G'scheiteste wird sein, 's geht jedes sein' eignen Weg.

Toni.
Du könntest nit so gleichgültig sein, hätt'st mich auch nur a Tipferl gern g'habt.

Vroni.
Du hast's not, daß d' über mich klagst, du ließ'st dir ja a kein andere an Hals werfen, wann dir mit mir Ernst g'wesen wär.

Toni.
Schau, ich muß 'm Vater folgen.

Vroni.
Wohl! Ich hab nix dageg'n, bin keiner neidig, die dich kriegt, vergönn dich einer jeden und verlang nur, daß d' jetzt gehst und mich a künftig in Ruh laßt.

Toni.
Das hoaßt, ich bin für dich so gut wie a Jud, vor dem d' ausspuckst!

Vroni.
Ach beileib', ich spuck vor kein' Juden aus!

Toni.
So wär ich noch schlechter in dein' Augen wie a Jud'?! Führst schöne Reden! Wie ich sag, so könnt'st nit sein gegen mich, wann dir früher mit der Lieb' Ernst g'wesen wär!

Vroni.
Streifst allweit da rum wie d' Katz' an alt' Weiberkittel?! Steht dir b'sonders gut an. Wunderst dich wohl gar, daß ich mir, weil's so kämma is, nit 'n Kopf drüber abreiß?! Du bist ja a nit in d' Fraiß g'fall'n, wie's g'heißen hat, du sollst die Crescenz nehmen.

Toni *(kommt vor)*.
Schau, Vroni, 's is ja aber noch nit verbrieft und versiegelt, das mit der Crescenz – wer weiß, wird noch was draus! Laß dir nur sagen, was die Crescenz für eine is, du kannst dir gar nit denken, was die für Mucken hat und wie hochfährig als s' is, weil du nie so sein könnt'st wie die! Wenn man s' neben dich halt't, verliert s' in allen Stucken; mein Gott, die Crescenz is a arm's Waiserl gegen dich.

Vroni.
Glaub doch nit, daß i so dumm bin wie oft andre Weibsleut', wo drei, vier zu ein' halten – wann er nur allmal bei jeder die andre orndlich schlecht macht und heruntersetzt; und 's is der ganze Kerl oft nit eine davon wert, obwohl die selber nit von die besten sein.

Toni.
Bin ich denn a so wie dö, von die du sagst, die's mit mehr Weibsleut' halten? Was frag ich nach alle andern, dich möcht ich nur nit verlier'n. Wann d' Crescenz ihre Mucken hätt und mich am End' doch nit nähm, hätt ich nix als 's leere Nachschau'n. Und wenn ich's nehmen muß, wie beschlossen is von dö zwa alten Dickschädeln, wo d' ja weißt, es laßt keiner mit sich reden, und ich sollt dich nimmer sehn, wär wenig Freud' für mich auf der Welt, dich bin ich g'wohnt, du bist mein Schatz – könntst

du's nit bleib'n? Müßten uns halt drein schicken… Dein' Mutter hat's auch mit 'm Bauern g'halten.

Vroni.
Der war ledig.

Toni.
Wohl, hat's aber doch allmal mit der doppelt und dreifach Schnur g'halten. Wir sein alle auf der Welt, wie wir sein können, nit anderscht, und dir wurden d' Leut a weiter nix nachsag'n, als daß du deiner Eltern Kind bist und ihr lustig Blut nit verleugnen kannst.

Vroni *(überlegen)*.
No, wenn ich meine Gedanken auch von meine Eltern hab – und hätten die a zehnmal lustig' Blut g'habt – so müssen s' doch rare Leut' g'wesen sein, die sich nur zu rechte Leut' g'halten hab'n, denn ich denk mir grad, daß's mir recht lieb is, so ein' Lumpen, wie du bist, auf gute Art los z' sein. Ich war a jung', dumm' Ding, wie ich dich hab kennengelernt. – Du hast mir g'fall'n, in *die* Jahr' g'fallt ein'm leicht einer und glaubt man, was wie a Mann ausschaut, müßt a einer sein, du hast a alles Gute, Liebe und Schöne versprochen, weil ich dir in die Augen g'stochen hab, und das wird dir a kein Bub im ganzen Kirchspiel verdenkt haben. Wärst a wengerl was von ein' Mann g'wesen, hätt'st mir doch ehrlich sagen können: „Aus is's!“ Wann mir a 's Herz anfangs schwer g'wesen wär drüber, an dein Hochzeittag hätt ich dir nix verdorb'n und wär'n mir bis dahin Herz und Füß' g'wiß wieder leicht g'wesen, ich hätt mir denkt: Hat halt nit sein soll'n, und du wärst allmal in meine Aug'n, wann a a unrechter Liebhaber, doch a ehrlicher Mann blieb'n. So hast du dein Wort nit g'halten und a nit z'ruckg'nommen und hinterm Rucken von zwei Weibsleut' dir austipfelt, was allzwei mit a wenig Ehr im Leib nur kränken kann. Die reich' Bäurin, ah, die is dir schon recht kämma, und die arm' Dirn, die so lang mit dir geht, hast g'meint, die kann nit anderst als weiter fortzotteln auf dem Weg, wohin dir recht wär! Nein, Lumperl, so tun wir nit! – Wär ich dazu aufg'legt, so könnt ich dir ganz andre G'schichten derzählen: Leicht, wie ich morgen schatzgraben geh, oder von Wechselbälg', wo in der Wieg'n vertauscht werd'n, weißt, und sein später auf amal einer, was der andere

hätt sein soll'n und wie sich da einer leicht vergreift, glaubt, er hat schon die reich' Bäurin, dieweil wird die ein arm' Dirndl, und mit der arm' Dirn, wo er meint, is recht pfiffig, daß er S' verlaßt, hat er die reich' Bäurin ausg'schlag'n! Aber eben die arm' Dirn, die du von der Großmutter abg'red't hast, daß d' s' leichter jahrelang rumzieh'n kannst, die is die Jahr her älter, und trotzdem sie allweil um dich war, doch auch gescheiter word'n; hitzt, wo ich wieder frei bin, müßt wohl a andrer kämma, a rechter Mann, dem ich „ja" saget! So, und hitzt hab'n mir ausg'red't miteinander, gar is's und aus is's, und jetzt marschier naus, wo d' rein kämma bist!

Toni *(geht etwas zurück).*
Du redst dich nit schlecht aus! – *(Kleine Pause.)* Du, Vroni – hörst?

Vroni *(ungeduldig).*
Ich hab g'red't!

Toni *(näher rückend).*
Ich weiß was! –

Vroni.
Wann du nit gutwillig gehst –

Toni.
Tu du noch so wild – lieber als der rechte Mann, was erst kämma soll, is dir doch – der Bub am Fleck!

Vroni *(stößt ihn zurück).*
Lump! Jetzt hast Zeit!

Siebente Szene

Vorige. Franz.
Diese Szene muß sehr rasch abgespielt werden.

Franz *(schwingt sich rasch durchs Fenster).*
Vroni!

Toni *(reibt sich die Seite).*
Was wöllt's Ös? Mengt's Enk da nit drein! Wir sein auf 'm besten Weg, uns auszusöhnen – schaut's, daß's fortkommt's!

Franz *(kommt vor).*
Du bist nicht allein? – Ich hätte mit dir zu reden!

Vroni *(spitz).*
Ich wüßt nit was! – Um *die* Zeit! Seid's auch so, weil ich Euch heut in meiner Gutheit hab 'n klein' Finger zeigt, möcht's gleich d' ganz' Hand?! – Ich dumme Gredl hätt wissen solln, daß man in Sommernächten nit's Fenster darf auflassen, soll nit unnütz G'fliederwerk zuflieg'n von allen Seiten!

Toni.
Weiß der Herr auch, wer ich bin?

Franz.
Nein, interessiert mich auch nicht!

Toni *(stolz).*
Ich bin der Sohn vom Adamshofbauern!

Franz.
Freut mich recht, ich bin der Sohn vom Kreuzweghofbauern!

Toni *(erschrocken).*
Jesses, künftiger Schwager – nix für ungut, laß nur kein' von unsre zwei Alten vermerken, daß d' mich da troffen hast!

Franz.
Nein, aber eine Gefälligkeit ist der andern wert – da sieh zu! *(Aufs Fensterbrett.)* Na, happ!!

Toni.
Mußt nix ausplaudern!

Franz *(ungeduldig aufstampfend).*
Nein, nein! Aber „happ“ sag ich!

Toni.
Guti Nacht!! *(Steigt hinaus.)*

Franz.
Hol dich der Kuckuck!!

Achte Szene

Vorige ohne Toni.

Vroni *(die Anfangsreden ungeheuer schroff)*.
Na, da is recht lustig! Wärt Ihr nit dazwischenkämma, hätt ich den Buben schon selber nausg'wutzelt, daß er sich g'wundert hätt! Muß ich jetzt leicht warten, bis a dritter kommt, der wieder zu Euch „happ" sagt, daß ich Euch los werd?

Franz *(ernst)*.
Der dritte wird nicht ausbleiben!

Vroni.
Wär mir nit lieb! Ich wurd ja bis morgen fruh nit mit 'm Nauswerfen fertig! Macht's fort, es is jetzt Zeit, daß man schlaft!

Franz.
Hör mich an, Vroni; ich verstehe, daß du ungehalten bist, weil ich jetzt bei dir eindringe; ich bin nur gekommen, dir einen Dienst zu erweisen; ob du ihn nun hoch oder nieder anschlägst, für mich ist er eine Pflicht! Und wenn ich dich warne und dir sage: ich bin da zu deinem Schutz – so nehme ich mir wahrlich nicht mehr Freiheit heraus als der Hund, der dich bewacht.

Vroni.
Nit notwendig! Wir haben eh zwei so Viecher im Haus, und wann Ös da ausg'schnofelt wurd's, taten Enk Eure neuen Kameraden schön zausen!

Franz.
Erst mußt du doch wissen, um was es sich handelt; um einer Kleinigkeit willen, das kannst du dir wohl denken, bin ich zu der Stunde nicht hierher

gekommen. Gedulde dich doch einen Augenblick, bis ich dir's gesagt, du wirst doch mich nicht fürchten!

Vroni.
Fallt mir nit ein! Ich fürcht mich vor nichts auf der Welt!

Franz *(ernst)*.
Sprich nicht so, Mädchen, wo mich, mich den Mann, die Furcht hergetrieben hat. Mein Vater ist auf dem Wege nach Ottenschlag. Was ihn treibt, hat er's auch nicht ausgesprochen, Gutes ist es sicher nicht!

Vroni *(erschrocken)*.
Euer Vater? Geht's zu, das bild't's Euch nur ein!

Franz.
Wollte Gott, ich hätte mich getäuscht; aber ich muß dir sagen, was ich fürchte, damit dich nichts überraschen kann, was auch kommen mag! Der Mann ist gefährlich zu einer Stunde, wo bei ihm alles auf dem Spiele steht, er schreckt vor keinem Gewaltschritt zurück, ich darf das sagen, ich habe das selbst erlebt, und so furchtlos du tust, du bist doch nur ein Weib, ein anderes Kind, ihm gegenüber, und daß er sich nicht zum zweitenmal an Wehrlosen vergreife, bin ich hier!

Vroni *(ängstlicher)*.
Ich könnt's nit glauben, daß er die Kurasch zu so was hätt, wie ich 'n heut vor mir g'sehn hab!

Franz.
Hat er auch den Mut sinken lassen, die Verzweiflung richtet ihn wieder auf. Was einer wagt, der verzweifelt, das wagt er! Darum bin ich gekommen, dich zu schützen, ich bin gekommen wegen uns allen, wegen dir – wegen mir – und wegen ihm selbst! Damit nichts Ärgeres geschehe, als schon geschehen ist!

Vroni *(ist furchtsam nähergetreten)*.
Meint's wirklich, daß er so Schlechtes im Sinn hat?

Franz.
Er ist nicht bei Sinnen – er denkt nichts – und läßt alles kommen – wie's

auch kommen mag. – Hab Mitleid mit meiner Angst, ich würde dich bitten, laß mich da draußen vor deiner Türschwelle liegen – ich darf nicht von hier – ich darf nicht!

Vroni.
Seid's a guter Bursch! – Aber daß ich Euch da im Haus verstecken tät, das geht doch nit, 's tät sich nicht schicken!

Franz.
Du magst recht haben, ich will dir nicht länger beschwerlich fallen, ich werde das Häuschen die Nacht über im Auge behalten – du weißt nun, von welcher Seite Gefahr droht, von welcher Hilfe kommt. Ich mag dir nach all dem nicht gute Nacht' sagen – aber lebe recht wohl! *(Geht nach dem Hintergrund.)*

Vroni *(reicht ihm beide Hände).*
Du bist doch der aufrichtigst' brävste *Feind,* den eins auf der Welt haben kann!

Franz.
Ich bin dein Feind nicht. – Vroni, mußt auch nicht der meine sein! Ich will dir's sagen, damit du mich verstehen lernst – ich bin's gewesen bis heute, jetzt ist das anders! Ich habe dich gehaßt von klein auf, dich und die Deinen, ihr war't, wenn nicht die Schuld, so doch die Ursache, daß sich mein Vater an mir vergriff, daß ich von der Heimat mußte; und je größer ich wurde, je mehr mir's aufs Gewissen fiel, wie wir an euch Unrecht getan – je erbitterter wurde ich gegen euch! Doch das ist vorüber, seit ich dich gesehen! Vroni, laß uns Frieden machen! Verzeih! Es ist wahrlich genug an dem, was wir alle gelitten! –!

Vroni.
Ich hätt mich dem, den d' früher da troffen hast, nit so unüberlegt anvertraut, hätt mich nit schon als klein' Ding nach wem verlangt, der mich schützt vor Not und Gefahr und vor eurer Feindschaft. *Die* Lieb' wär nit word'n ohne 'n Haß! Und bin recht froh, daß jetzt eins wie's andre aufhör'n soll! – Mußt nit ungleich denken über mich weg'n dem Bub'n!

Franz.
G'wiß nicht. – Liegt dir so viel daran, Vroni, wie ich über dich denke?

Vroni.
Freilich wohl, weil ich dir vertrau.

Franz.
Das kannst du wahrhaftig.

Vroni.
So is's gut und so is's recht, und jetzt fürcht ich mich auch nimmer, seit ich weiß, daß du zu mir haltst.

Franz.
Hab ich mir's doch schon heute früh am Adamshof gedacht, wenn du die Vroni wärst, ich müßte dich an etwas erkennen, ich hab es aber nicht herausgefunden. Jetzt fällt mir's ein, wie ich dich da so vor mir stehen sehe, voll Stolz und Trotz gegen alle Welt und voll Vertrauen gerade gegen mich – ja, das ist das Gesicht, das ich oft gesehen habe, das Gesicht der kleinen Vroni, so ungebärdig und treuherzig wie damals, als wir vier Kinder noch auf dem Kreuzweghof spielten. Weißt du noch was?

Vroni *(verlegen)*.
G'wiß a recht a dumme Kinderspielerei?

Franz.
Wir spielten damals „Onkel und Vroni“ – der Jakob – ich erinnere mich jetzt recht gut, wie der damals aussah – der war der Geistliche, der uns zusammengab, und die kleine Crescenz war die Kranzeljungfer –

Vroni.
Ja und die schönsten Schläg' hab'n wir für das Spiel kriegt, weil's d' Mutter nit hat leiden können, 's wär' unschicklich g'wes'n.

Franz *(seufzt)*.
Doch ich vergesse, das alles ist lange vorüber – denken wir an das Jetzt! – Ich habe nicht eher Ruh noch Rast, bis ich dich außer aller Gefahr weiß – bis diese Nacht vorüber ist – ja, bis ich dich morgen ungefährdet in der Kreisstadt angelangt sehe, wo du tun magst, was nun einmal geschehn

muß. Laß mich dich morgen dahin begleiten, es ist ohnedies mein Weg, ich kehre nicht mehr nach dem Kreuzweghof zurück.

Vroni.
Is mir lieb, wann d' mitgehst!

Franz *(wendet sich)*.
So leb wohl für heute! ich gehe, da draußen Wache halten.

Vroni *(kommt mit bis zum Fenster)*.
Das geht nit, schau, wie schwarz der Himmel is – und g'spürst nit, wie die Wetterluft schon herweht über die Bergkuppen? Hast d' höchst Zeit, daß d' nach Ottenschlag rabsteigst. Zu was sollst du die ganz' Nacht da draußt herumlungern? 's is morgen a weiter Weg, der sich übernächtig nit gut geht, brauchst a deine paar Stund' Schlaf. Der Alte kimmt heut g'wiß nimmer! Und wenn auch, wo er hitzt noch nit da is, tut er später kein' Schaden mehr. Weißt – dir kann ich's ja sagen, 's munkelt eh die ganz' Gegend davon – wir krieg'n grad heut wieder so spat Gäst'! 's dauert vielleicht kein' klein' Viertelstund' mehr, so kehr'n die Schwärzer bei uns ein, drum lieg'n a noch die Hund' drauß an der Ketten. Später, wann die verrufenen G'sellen da herein und die Hund' los sein, traut sich neam'nd Fremder da an die Hütt'n ran; wär auch kein'm z' raten! Kannst drum ruhig nach Ottenschlag abi.

Franz.
Du magst recht haben, du bist für heute wohl unter dem Schutze dieser Rechtlosen sicher, aber morgen mit dem frühesten komm ich herauf, und dann geht's über die Berge nach der Kreisstadt, dort magst du dem Geschicke seinen Lauf lassen, der Wirklichkeit ihr Recht geben – aber bis dahin laß mich träumen! Laß uns die Berge durchziehen, laß sie uns noch einmal im Geiste durchkosten, die Kinderzeit, die im Frühdämmer des Lebens liegt und uns erst später ihr ganzes Glück enthüllt, sobald sie für immer vorbei. Es ist die einzige unvergällte Zeit meines Lebens, denn auch die Zukunft liegt nicht lockend vor mir. Morgen will ich noch einmal Kindheit und Heimat aufleuchten lassen im Frührot der Berge, das sei das Letzte, was ich meinem Herzen zugestehe; diese Bilder will ich mit

hinübernehmen in den heißen Tag, der folgen wird, und der soll dann, wo er mich auch trifft – vielleicht drüben überm Meer – seinen Mann an mir finden! – Aber morgen in die Berge! – Auf Wiedersehen, Vroni! –! *(Steigt aus dem Fenster.)*

Vroni.
B'hüt Gott! *(Geht ans Fenster.)* Jetzt weiß ich nit amol, ob er 'n rechten Steig gangen is – man sieht drauß kein' Strich vor die Augen – nimmt er 'n g'fehlten, geht er a Stund' um und 's Wetter is nur zum runterfall'n! *(Kehrt zur Mitte zurück.)* Wird a schlimme Nacht werd'n! Dös Häuserl steht so einsam auf der Höh' und da faßt's allmal der Wind von all'n Seiten, als wollt' er's davontragen, und wann ihm das nit g'rat'n will, kommt er in Zorn und beutelt's durcheinand, daß Tür und Fenster vor Angst schrei'n. *(Ist zur Tür gegangen und hat sie geschlossen, geht jetzt gegen das Fenster.)*

Neunte Szene

Vorige. Ferner erscheint am Fenster.

Ferner.
Laß nur auf!

Vroni *(tritt erschrocken zurück, für sich)*.
Da is er doch noch!

Ferner *(setzt sich aufs Fensterbrett, das Gewehr zwischen den Knien)*.
Je, wie's dich z'sammenreißt! Verlegt's dir die Red'? – Is a gescheiter, du redst nix und nimmst Vernunft an! Bist ja a willige Dirn'! Hast wohl a dem nit „nein" g'sagt, den ich vorher hab da naussteig'n sehn? – Ich weiß, es is dir nit um mich z' tun und hätt'st dir's wohl nit denkt, wie d' mich heut so klein g'macht hast, daß ich so bald wieder aufstund' und gar noch herkimm zu dir! Aber ich hab grad die schneidigen Dirndln gern, es is a b'sondrer G'spaß, die mürb z' machen! Deßtweg'n taugst mir und, wann's a schon a Weil' her is, daß ich nach kein' Dirndl mehr frag, zu dir komm ich doch fensterln! Hahaha! *(Steht auf, tritt auf sie zu, die Zähne übereinander.)* Mach keine Umständ', sonst brenn ich dich beim ersten Schrei nieder! Gib 'n Brief heraus!!

Vroni *(wieder vollkommen gefaßt, für sich).*
Wart, Falschspieler, wie ich dich jetzt trumpf!

Ferner.
B'sinn dich nit lang!

Vroni *(wie zornig).*
Weißt ja doch selber recht gut, daß ich 'n nimmer hab! Hast wohl drauß auf der Lauer schon dein' Freud' dran g'habt, wie ich wehrlos dasteh, neam'nd errufen kann und tun muß, wie euch g'leg'n is!

Ferner.
Spinn keine Faxen, zwirn hurtig aber, gib 'n raus!

Vroni.
Mach mich nit wild mit deiner unnötig'n Frotzlerei! Hast du nit dein' Bub'n selber auf mich g'hetzt, daß er mir 'n Brief abtrutzt? – Ös habt's ja doch hitzt, was wöllt's, laßt's mir wenigstens ein' Fried'!

Ferner.
Mein' Bub'n? Was redst, bist überhirnt – oder –? –

Vroni.
Du kennst 'n wohl gar nit, den, der früher zum Fenster da nausg'stieg'n is?

Ferner *(jäh erschreckend).*
Der Franz war's? Jesus und Josef! – Ja! – ich hab mein' Aug'n nit trau'n woll'n, wie er in der Finstern an mir vorbeig'strichen is… und doch – dös G'wand – er is mir z'vorkämma – er hat 'n Brief – der Schuft will sein' Vatern ganz in Händen hab'n!

Vroni *(ironisch).*
Dös ärgert dich wohl grimmig?

Ferner.
Wir zwei sein fertig miteinander! – Ös habt's zum letztmal vom Kreuzweghof träumt, für enk wird hitzt auf St. Nimmerstag in Nindaschtdorf Recht gesprochen, und ich rat enk auch, laßt's kein Wörtel

mehr vom „Meineidbauer“ fall'n! Adjes! Der Bub kann noch nit weit sein, mit dem red ich hitzt 's letzte Wörtl! *(Steigt zum Fenster hinaus.)*

Vroni.

Der Herrgott verzeih mir die Sünd'; aber hätt's nit glaubt, wie leicht man ein' Spitzbub'n geg'nüber selber einer wird! Gibt wohl drum so viel, denn einer macht – wie man von die Narr'n sagt – ihrer zehne! – Jetzt hab ich aber auch 'n Alten auf 'n Franz g'hetzt – 's wird dem doch nix g'schehn – Ah! der wird ehnder nit z' finden sein – gang mir recht nah, wann ihm was g'schähet, hab 'n fast so gern wie ein' Bruder! Mein rechter, der arm' Jakob, liegt hitzt unt' in Ottenschlag! – Himmlischer Vater, ich befiehl s' all' zwei in deine Händ'! Laß dem Toten die Erd' leicht sein und b'hüt mir 'n andern vor Not und G'fahr!

(Unter heftigem Donnerschlage und Aufleuchten des Wetterschlages fällt der Zwischenvorhang.)

Verwandlung

Wildromantische Felsengegend.

Die Szenerie repräsentiert ein Felsenplateau, vorne links in der Kulisse ein praktikables Felsstück, im Hintergrund ein solches über die ganze Bühne führend, das mit einer Brücke schließt, die über einen Abgrund führt, den aber ein kleinerer Fels dem Auge des Zuschauers verdeckt, rechts vorne ein sogenanntes „Marterl“.

Zehnte Szene

Franz, die Schwärzer, dann Ferner.

Melodram

Gewitter, Sturm, Donner und Blitz. Leiser, eigenartig aufzufassender Marsch, unter dem die Schwärzer, mit großen Warenpäcken auf dem Rücken, oben über die Brücke marschieren (fünf bis sechs Mann), bis zur Mitte des Weges stumm.

Erster Schwärzer.
Sakramentisches Wetter, hurtig, wenn der Wald drüben nit den Wind auffanget, blaset's uns samt die Bündeln von der Wand runter. Schaut's zu, daß wir's in Rücken krieg'n.

Franz *(tritt auf von rechts)*.
Ich find' mich nimmer zurecht – zurück weiß ich noch, doch was vorwärts liegt? Bis hierher ging es herab – hier geht's wieder aufwärts.

Der letzte Schwärzer *(in der Reihe ersieht ihn, die andern sind schon in der Kulisse)*.

Zweiter Schwärzer *(pfeift grell)*.
He! ös da unten, wart's a wen'g, der Steig is nur für ein' breit g'nug, wart's, bis wir unt' sein. *(Verschwindet. Mit dem Verschwinden schließt der leise Marsch.)*

Ferner *(noch hinter der Szene)*.
He, holla – Ferner Franz! – Franz!

Franz.
Wer ruft? – Holla he!

Ferner *(stürzt in die Szene)*.
Da war's! Bist du's, Franz?

Franz.
Ihr treibt Euch noch da herum?

Ferner.
Is unnötig, weiß's schon! Komm mit, kennst dich eh da nit aus, ich führ dich.

Franz.
Ich brauche Eure Führerschaft nicht, unsere Wege gehen auseinander!

(Musik nimmt den Marsch wieder auf.)

Die Schwärzer *(marschieren langsam im Hintergrunde über die Szene)*.

Ferner *(zieht Franz noch mehr nach dem Vordergrunde, entschieden)*.
Franz, du hast 'n Brief!

Franz.
Wer sagt das?

Ferner.
Die Dirn selber.

Franz.
Ihr wart dort? – Nun, wenn sie's sagt, wird's wohl so sein!

Ferner.
Na, wenn's so is, so gib ihn heraus!

Franz.
Nein! *(Wendet sich.)*

(Die Schwärzer sind von der Bühne verschwunden.)

Ferner *(hält ihn zurück)*.
Franz, um unser aller Seelenheil willen, trutz mir nur jetzt nit, gib ihn raus, den Brief, ich muß 'n hab'n. Schau, dein alter Vater bitt dich mit aufgehobenen Händen, treib ihn nit zur Verzweiflung; ich weiß nit, was alles g'schehen könnt, Franz, wo ich jetzt mich selber nit kenn, zwischen Furcht und Hoffnung.

Franz *(reißt sich los)*.
Entschuldigt nicht schon früher, was etwa geschehen könnte – ich will's erwarten, was Ihr beginnt!

Ferner *(faßt ihn neuerdings)*.
Du bleibst! Mir, dem Vater, hast z' g'horchen, so steht schon in der Heilig' Schrift.

Franz.
Laßt mich, sag ich – ich hab mit Euch nichts mehr gemein. *(Er stößt ihn von sich, daß Ferner an das Felsstück taumelt, welches Franz nun hinaufsteigt.)*

Ferner *(sich aufrichtend)*.
Schuft, du vergreifst dich an mir? Du willst dein'm Vatern sein Unglück

ausnutzen. – Oh, daß ich dich damal lebig aus mein'n Händen lassen hab. *(Eilt gegen den Hintergrund.)*

Franz *(ist oben erschienen und schreitet gegen die Brücke vor).*

Ferner *(aufschreiend).*
Bei allen Heiligen, Franz, wenn du nit stillhaltst und den Brief herausgibst, ich schieß dich herunter wie a Gems'!

Franz *(an der Brücke).*
Denk, daß die Finger an dem Schlosse deiner Büchse die Schwurfinger sind – und dann heb – hebe den Arm, wenn du kannst!

Ferner *(außer sich).*
Höllteufel! *(Schießt.)*

Franz *(fällt lautlos von der Brücke).*

Furioso

(unter dem Ferner nach dem Vordergrunde wankt).

Tremolo

Ferner *(zitternd mit verhülltem Gesicht).*
Oh, du mein Heiland, hat dös a noch sein müssen?! – *(Kleine Pause, läßt die Hände herabsinken.)* Er hat's selber nit anderscht woll'n, es is ihm völlig von Kind auf b'stimmt g'wesen durch meine Hand. – Tief liegt er jetzt unt' – der Wildbach reißt ihn mit – bis zum scharfen G'fäll dort über die Kanten bleibt kein Stuck von ihm ganz – den Brief verschwemmt's – den Aufweis gegen mich und den Mitwisser bringt keins mehr ans Licht. Dös is a Schickung, dös muß a Schickung sein. *(Kniet an der Martersäule nieder.)* Ich hab's ja ehnder g'wußt, du wurdst mich nit verlassen in derer Not! *(Seine Kräfte verlassen ihn, und er sinkt an der Säule mit den Händen abgleitend zu Boden.)*

(Kurze Melodie, eine düstere Gebetform, in die sich der Marsch der Schwärzer verschlingt, welche oben, ein zweiter Zug, an der Brücke erscheinen.)

Dritter Akt

Ärmliche Hütte.

Im Hintergrunde eine Mitteltüre, rechts eine Holztreppe, die auf den Boden führt, links ein Kachelofen. Im Vordergrunde ein Tisch, zwei Holzsessel, ein Großvater-Stuhl, neben an den Kulissen eine Bank, davor zwei Spinnräder; zwischen diesen und dem Großvaterstuhl steht ein Kienspanhälter, ein solcher Span beleuchtet die Szene.

Erste Szene

Die Baumahm im Großvaterstuhl liest in einer großen Hauspostille, Rosl und Kathrein sitzen auf der Bank und spinnen abgespannt und schläfrig; wenn der Vorhang aufgeht, steigt der Bader die Holztreppe herunter.

Bader *(kommt unter folgendem vor und setzt sich an der Seite der Mahm).*
's is recht g'scheit g'wes'n, Leutl, daß mich gleich habt's rufen lassen, nur immer rechtzeit dazuschau'n; aber da sein a paar im Ort, die sag'n: „Ja, der Bader kann auch nix geg'n die Natur, wo die nit hilft!"

Mahm.
Was macht er denn, der Bruder?

Bader.
Er schlaft wie 's ruhig Gewissen und morgen steht er g'sund wieder auf; geht auch schlafen, Dirndln, der Vater is außer aller G'fahr.

Mahm.
Meiner Treu', bin ich froh, ich hab schon glaubt, 's müßt a Leich' ins Haus, die Totenuhr hat die ganz' Nacht in ein'm fort tickt in die Wänd'.

Bader.
Dumm' Zeug, Baumahm, die Totenuhr, das sag ich Euch, is nix weiter als ein Wurm, der sein' Schädel im Holz anrennt, und bedeut' morsche Bretter und Balken, sonst nix! – Bleibt Ihr noch a Weil' auf, Baumahm?

Mahm.
Solang so a Wetter is, fürcht mer sich doch.

Bader.
Wißt, ich passet's auch gern ab, die Nässen kann ich nit leiden. Her hab ich müssen, von wegen dem Kranken, aber z' Haus, das is ein ander Sach; da is mein Weib, die kann euch die Nässen nit leiden und zählt mir jeden Tropfen vor, wann ich heimkomm! Da sein die Dirndln da ein paar andere, brave, die sein zu mir g'laufen kommen weg'n Vater in dem Höllenwetter. Na, dafür kriegt jede amal ein' brav' Mann.

Rosl.
Ja, Bader, aber ein', der sich z' Haus traut zu sein' Weib.

Kathrein.
Und wo man nit, wie heut bei Euch, schon vorm Wetter die Tropfen kann zähl'n von der Näss', was Euer Weib nit kann leiden.

Bader.
Oho! Oho! Ihr meint, weil ich trink. Teixeldirn! Trinken muß unsereins, das g'hört dazu, daß 'n die Elendigkeit der Leut' nit so angreift. Ich wollt, dös Wetter wär erst vorüber.

Kathrein.
Meint's das dahoam – oder –

Bader.
All' zwei!

Rosl.
Geht, Mahm, macht Euer Buch zu, Ihr derbetet's doch nit, daß dös Wetter in der Bälden aus wird. Heunt wär so a Nacht für a recht a grusliche G'schicht, verzählt's eine.

Kathrein *(kneipt sich in den Arm)*.
Es is so eigen gut, wenn man a Ganshaut kriegt.

Mahm.
Ös wißt's, der Bader kann die gruslichen G'schichten nit leiden.

Bader.
Erzähl s' nur, Baumahm! Meinetweg'n kriegt ihr eure Gänshäute, schlechte Träum' und schiefe Ansichten, mir is's gleich.

Rosl *(setzt sich zurecht).*
So fang d' Mahm nur an.

Kathrein.
Ich paß schon drauf.

Mahm *(klappt die Postille zu).* No, so lost's halt zu! – Es war amal a Bauer – – –

Rosl *(lachend).*
Ui je! Dös is die alt' G'schicht' vom faulen Bauern, der g'meint hat, wann er arbeit't, müßt er a wissen, für was.

Kathrein.
Geh zu, du weißt's doch nit, die Mahm meint g'wiß dö vom Bauern, der die Kuh hat am Markt g'führt, und sein zwei Spitzbub'n kämma –

Mahm *(schlägt auf den Tisch).* Schnattert's und schnattert's, dumme Menscher, wißt's net, daß alle G'schichten so anfangen? Alsdann: Es war amal a Bauer –

Bader.
Pst! Horcht's auf – es kommt einer auf die Hütt zutappt!

Zweite Szene

Vorige. Ferner tritt durchnäßt, aufgeregt, bleich, mit wirrem Haar durch die Mitte ein und schwenkt seinen nassen Hut aus.

Ferner *(dumpf).*
Gelobt sei Jesus Christus!

Alle *(außer der Mahm).*
In Ewigkeit!

Mahm.
Na, na, saut's nit d' ganz' Stuben ein, von Enk rinnt's ja abi – in Ewigkeit, Amen! Bleibt's fein dahint bei der Ofenbank. Hat Enk wohl a 's Wetter in die Berg' derwischt?

Ferner.
Freilich!

Mahm.
Wöllt's da unterstehn? Is recht. Seid's wohl von weit her? Was? Ich kenn Enk nit, seid's nit vom Ort.

Ferner *(setzt sich auf die Ofenbank)*.
Nein.

Mahm.
Ös seid's aber kurz.

Rosl.
Laß 'n a die Mahm gehn, mer is nit so redselig, wann ein' so a Wetter orndlich durchg'weicht hat. Erzählt's lieber d' Gschicht'.

Mahm.
Es war amal a Bauer, der war so viel reich und dem war a arm' Häusler Geld schuldig, viel' Jahr' her, und wie der arm' Mann zum Sterben kimmt, so laßt er 'n reichen Bauern an sein Totbett kämma und zahlt ihm all das, was er ihm schuldig is, aus, ruft dann sein Weib, sagt: Du, ich hab alles zahlt, und war tot; die arm' Wittib begrabt ihren Mann und nach a paar Täg'n drauf geht s' zum reich' Bauern und sagt: Mein Mann hat dich zahlt, gib mir die G'schrift drüber! Was, sagt der reich' Bauer, was willst du? Ich hab dir kein G'schrift z' geb'n, denn ich hab von dein' Seligen kein' Kreuzer Geld g'sehn.

Rosl.
Der Halunk!

Kathrein *(drückt sie an sich)*.
Sei stad.

Mahm.
Da is das arm' Weib in die G'richt' gangen, hat g'sagt, so und so hat mein Mann, Gott hab 'n selig, angeb'n; der reich' Bauer aber sagt „nein". Da hat der reich' Bauer vor G'richt müssen und hat keck die Hand aufg'hob'n zu unserm Herrgott und hat g'schwor'n, so is und so wär's, wie er g'sagt hat,

und der arm' Wittib und ihre zwei Kindern hab'n s' ihr ganz's Hab wegg'nommen, und so war der reich' Bauer doppelt g'zahlt und doppelt reich und doppelt froh. Er hat sich denkt, jetzt hast der Sünd' ihr'n Vorteil und jetzt wirst wieder mit 'm Himmel auf gleich, und er hat ang'fangt, fleißig in die Kirch' z' gehn und z' beten und Almosen zu geben und Messen zu stiften, und hat von da an bei die Leut' nur der frumm' Bauer g'heißen. Hat sich a drauf was z' gut tan, daß ihm all's nach sein' Herzen is ausgangen. Hat er um ein' Reg'n bitt', so hat's g'regn't; hat er weg'n sein' Viehstand bet', so hab'n alle Küh' kalbt, daß's a Freud' war, und hat er z'weg'n sein' Kinderseg'n a Gebitt g'stellt, so is sein Weib so leicht niederkämma, daß kaum a Hebmutter nötig war, und hat er g'meint, 's möcht' a Bub sein, so war's auch einer! So is ihm, wie er g'meint hat, der Segen nur durchs Dach ins Haus g'fall'n, und er hat glaubt, daß neamand mit 'm Himmel besser stehn kann als er.

Rosl.
Geht's, die G'schicht hat ein' Anfang, daß man sich muß giften. A so ein schlechter Kerl.

Mahm.
So derwart's nur, 's Letzt' is's Beste.

Ferner *(sichtlich aufgeregt, kommt vor)*.
Ös verzählt's da a G'schicht' – dö verintressiert mich – ös erlaubt's *(setzt sich auf den leeren Stuhl)*, ich hör so G'schichten gern.

Mahm.
Na, so ruckt's halt zucher. – Aber, was is Enk denn, Ös zittert's ja wie im Fieber, kein' trocknen Faden habt's a nit am Leib, dös kann unmöglich a gut tun. Wollts Enk nit lieber ins Heu leg'n?

Bader.
Das meinet ich auch. Seid's a g'scheit' Weib, Baumahm!

Ferner *(schüttelt energisch den Kopf)*.
Verzählt's vorerst die G'schicht' aus. – Bin b'sunders drauf, wie's dem reich' frumm' Bauer noch gangen is. *(Stützt zuhorchend den Kopf in beide Hände.)*

Mahm.
Na, alsdann, wie ich sag, der Bauer hat g'lebt, so ruhig, als ob der Herr im Himmel verstorb'n wär und hätt 'm Teufel die Welt in Pacht geben. Und wie so sein End' herankämma is, so denkt er, jetzt machst es ganz richtig und es kann dir nit fehl'n, du mußt in Himmel und a da nit am letzt'n Platz, er schickt alsdann nach 'm Beichtvater, und wie der Knecht, der um den g'schickt war, kaum vors Tor tritt, kommt der Geistliche schon daher und sagt: „Ich weiß's schon, ich weiß's schon, bin schon da!" 's ganze G'sind' hat ihn drauf zum Bauern neingehn g'sehn, und wie er drin war, hat er alle nausg'schickt und hat sich hingesetzt ans Betteck. *(Mit erhobener Stimme.)* Zur nämlich' Stund' aber, und das hat 's ganz' Ort g'wundert, wo's g'heißen hat, der Pfarrer wär beim reich' Bauer, is der wirklich Pfarrer im Wirtshaus g'sessen und hat mit 'm Bürgermeister und 'm Lehrer kartelt!

Rosl.
Du, Kathrein, hörst!

Kathrein.
Freilich, jetzt kommt's zum Fürchten.

Bader. *(für sich).*
Dumme G'schichten –

Ferner *(schüttelt's, er läßt die beiden Hände glatt am Leibe heruntersinken; da alle auf ihn sehen, blickt er zur Seite).* Macht's nur fort!

Mahm.
Wie die zwei so allein in der Kammer sein und es is so ruhig, daß man die Uhr hat gehn g'hört, da fangt auf einmal der am Betteck, den der reich' Bauer für 'n Beichtvater g'halten hat, an zu fluchen, daß's dem im Bett zum grausen anhebt. Der Bauer hat sich drauf wöll'n bekreuz'n, daß er sein' Beicht' anheb'n kann, er hat's aber nit z'weg'n bracht, ebensowenig hat er Gott und die lieben Heilig'n anrufen könna. Der schwarze Mann aber, wie er das g'sehn hat, hat er g'lacht und g'sagt: „Plag dich nit, Bauer, ich weiß eh alles und besser wie du." Da hat sich der Bauer sein letzt' Restl

Kuraschi z'sammg'nommen und hat g'sagt: „Ich hoff, daß mir alles verzieh'n is, wär ich in der Schuld, lieget nit der Seg'n auf mein' Haus und mein' Hof!“ Da lacht der schwarze Mann, daß's 'n Bauer im Bett z'sammbeutelt hat, und hebt sich am Betteck so hoch, daß er an die Tram oben anstoßt; „Bauer“, sagt er, „so is's nit! Du hast mal die Hand zum Himmel aufg'hob'n und hast g'schworen, daß dein' Lug' wahr wär, von da an warst mir verlobt, und der Obere hat dir von der Stund' an nimmer nutzen und schaden könna, und ich hab dir's wohl sein lassen, damit'st dich nur noch mehr verblendst, 's Schlechteste is dir verwilligt word'n, weil ich woll'n hab', daß d' dich auch im Gebet versündigst und kein Weg dich mehr zurückführt zu dem andern, den ich nit nennen kann.“

Ferner *(blickt, am ganzen Körper bebend, mit verglasten Augen nach der Erzählerin).*
Du verflucht' Erbfeind!

Mahm *(wirft ihm einen bösen Blick über die Störung zu und fährt fort).*
„Bauer“, sagt der Höllische, „g'hörst mein, mein g'hörst, denn dein ganz Leb'n hast in mein' Diensten zubrachte – Ich war dein Oberer und dein Herr von dem Augenblick, wo du vorm Kreuz die Wahrheit abg'schwor'n hast, bis später, wo ich dir dein sündig Bitten erfüllt hab', denn es steht geschrieben: 'Ich bin der Lügengott und Fürst der Erd'!“

Ferner *(entsetzt).*
So schaut's aus! *(Kleine Pause – rafft sich noch einmal auf, halb wie trotzig.)* Dös is doch nur ausdenkt!

Mahm *(wie oben).*
Alsdann, daß ich sag, wie selb' alles der Bauer merkt, da hat er woll'n sich bekreuzen, aber der Höllische hat g'lacht: „Ich weiß, du möcht'st jetzt a Kreuz schlag'n und dös könnt dich auch derretten, wann d' Hand noch dein wär', aber du Depp, du vergißt, daß die Finger, die d' dabei z'sammfalten müßt', d' Schwurfinger sein, so heb den Arm, wann d' kannst!...“

Ferner *(fährt mit wildem Aufschrei empor.)*
Franzl!! – Was wißt's ös davon? – Trag ich leicht schon a Zeichen an der

Stirn? Was neugiert's nach mir her? Weg! *(Wendet sich mit starrem Blick)*. Was soll's? Aus jedem Winkel verfolgen mich Augen mit verwunderigem G'schau! Was wollt's mir abfragen? – Fort! – Hinaus! – *(Indem er sich aufrafft, stößt er den Stuhl um, eine Staubwolke wallt auf, der Stuhl hemmt seinen Fuß.)* Haha! Was steigst denn grau aus 'm Boden auf, alter Erbfeind, warum nit in deiner Leiblivree – schwarz, ganz schwarz?! Bin ich dir z' g'ring, oder bist meiner schon so gewiß? – Laß ab von mir! Wann ich's auch g'spür, wie mir deine Faust den Atem verlegt – wann ich's auch g'spür, wie die Ottern sich kalt herauswinden an mir – laß ab – dir laugne ich's – Gott alleinig will ich's g'stehn! Fort! Du mußt hinweg! Meinst, ich könnt mich nimmer bekreuzen? Schau her! *(Versucht vergeblich die Rechte zu heben, zugleich fährt er mit der Linken in einem raschen, bebenden Strich über die ganze rechte Seite seines Körpers und stürzt mit dem Aufschrei: Jesus! zu Boden.)*

Bader *(der zugesprungen ist.)*
Rennt's eins hinein ins Ort, sie sollen 's Zügenglöckel läuten!

Ferner *(etwas linksseitig sich aufstützend).*
Die Crescenz!... *(Stirbt.)*

(Gruppe – Zwischenvorhang fällt.)

Verwandlung

Vronis Schlafstübchen, wie im zweiten Akte; das Licht herabgebrannt.

Kurzes Melodram

Wenn der Vorhang aufgeht, leise Schlummermusik, in die, immer kräftiger, der Schwärzermarsch eingreift, bis er sie übertönt und rasch abbricht, sobald sich Vroni vom Bette erhebt.

Dritte Szene

Vroni, dann Liese.

Vroni *(sitzt angezogen auf dem Bett und liegt mit dem Oberkörper quer über dasselbe; ihre Bewegungen werden unruhiger, je lebendiger die Musik*

wird – sie erhebt sich, die Musik schließt).
Was is's denn?

Liese *(pocht außen).*
Vroni! Vroni!

Vroni.
Ah, die Ahnl ruft! *(Sie steht auf und geht zur Türe.)*

Liese.
Vronerl, mach auf!

Vroni.
Ja, Ahnl! *(Schließt auf.)*

Liese *(tritt unter die Türe).*
Die Pascher sind da! 's wird trawig im Haus, dös gang dich zwar nix an, du liegest da ruhig gnug vorm Lärm, und ich hätt dich a die erst' Nacht in der Hütten nit gern aufg'rebellt, aber wir brauchen dein Kammerl für ein' Stadtherrn, den die Pascher mitbracht hab'n.

Vroni.
No, werd'n s' doch nit d' Leut a schon reinschwärzen.

Liese.
No, der is gar a traurig' War', sein' Büchs' is ihm losgangen, er hat sich selber ang'schossen und is kopfüber abi in d'Wildbachschlucht g'stürzt; wann die Pascher nit grad rechtzeit dazukämma, daß s' ihm noch derglengen können mit 'm Seil, wie er nur' hängt im G'strüpp, wo er sich derfangt hat, und dös sich schon loslöst unter seiner Schwer'n, so is er hin.

Vroni *(erschreckt für sich).*
Um aller Heilig'n willen, wenn dös der Franz wär!

Liese.
Ich bring ihn gleich, nimm derweil dein' Jopp' um und richt dir die Haar! Kannst nachher in mein Stüberl hinüber. *(Ab.)*

Vroni *(zieht sich mechanisch an, wie die Liese gesagt).* Ich mag's nit denken – es wird nit so sein! – Sollt der arme Bub um mich leiden! 's is g'wiß a fremd' G'sicht...

Vierte Szene

Die Vorigen. Liese führt Franz herein.

Vroni.
Jesus, er is's! *(Zustürzend und ihn von der andern Seite stützend, leidenschaftlich.)* Franz, Franz – da dran bin ich schuld! – Sei nit bös, ich bitt dich, daß ich den Alten auf dich g'hetzt hab, hätt ich mir's denken können, daß's so ausgeht...

Liese *(steht jetzt zur Seite, sie hat voll Erstaunen den Arm des Franz verlassen, den Vroni nun allein stützt).*

Franz *(bleich, wirres Haar, etwas unsicher gehend, die Kleider derangiert, den linken Arm in der Binde, beißt manchmal die Zähne übereinander).* Was sprichst du denn? – Ich – ich selbst – habe ja –

Vroni.
Ja – du hast dich leicht ang'schossen mit der Büchs', die der andere g'habt hat.

Franz *(sinkt in den Großvaterstuhl).*
Wenn du mir einen Dienst erweisen willst, so rede nichts davon! *(Schließt die Augen.)*

Liese.
Ah Spektakel, ös kennt's enk, ös seid's so vertraut – da kennt sich kein Teixel aus! – Wer is denn dös?

Vroni *(halblaut).*
Der Ferner Franz!

Liese *(höchst verwundert).*
Der jung' Meineidbauer?!

Vroni.
Der is kein Meineidbauer, Ahnl, der nit!

Liese.
Ja, bist leicht g'schossen in ihn a noch?

Vroni.
Was du nur gleich denkst! – Aber wann d' mir willst Lieb' erweisen, Ahnl, laß mich bei ihm.

Liese *(zögert)*.
Dein verwundrig's Reden – und dö Zutunlichkeit – da sollt sich eins auskennen. *(Von draußen Rufen und Gläseraufstoßen: „He, Mutter Lies'!“ Schreit durch die Türe:)* I kimm gleich, ös Sakra! *(Sieht auf Vroni und Franz und schüttelt den Kopf.)* No, meintweg'n, spiel d' barmherzig' Samariterin – der schad't dir nix. *(Im Abgehen.)* Hätt's nie denkt, was heut alles unter mein' Dach z'sammkäm! *(Ab.)*

Fünfte Szene

Vroni und Franz.

Vroni *(halblaut)*.
Wir sein alleinig, Franz, därf ich hitzt' reden, wie d' Wahrheit is?

Franz *(läßt die Rechte vom Gesicht sinken)*.
Wozu – wozu auch? – Wird's anders dadurch? Ich bin verunglückt, und damit ist alles ausgeglichen, und weder du bist schuld noch der andere.

Vroni.
Es gibt mir kein' Ruh', daß du um mich hast leiden müssen, daß d' vielleicht sollt'st dein Leblang a Krüppel bleib'n, daß d' sollt'st...

Franz.
Laß gut sein, Vroni, was sein soll, wird kommen. Mußt nit viel davon reden, das quält mich, und mein Kopf ist so wüst – ich brauche Ruhe. *(Lehnt sich zurück und schließt die Augen.)*

Vroni *(tritt etwas von ihm zurück)*.
Wie ihn 's Fieber beutelt und wie er die Zähn' übereinander beißt. *(Sie setzt sich auf die andere Seite und hält die Hand vors Licht, daß der Schatten auf Franz fällt.)*

Franz *(unruhig).*
Vroni, sag, was ist denn das für ein leises Schwirren in der Luft – ist vielleicht eine Stechfliege im Zimmer. Ich bin ängstlich und wehrlos wie ein Kind.

Vroni *(horcht auf).*
Es ist nix da herin in der Kammer – das klingt so von außen herein. *(Geht gegen das Fenster.)* Das kommt von Ottenschlag herauf! *(öffnet das Fenster, man hört kaum merklich das Zügenglöckchen.)* Sie läuten unten für oans 's Zügenglöckel!

Franz.
Wohl ihm! Ich wollte, sie läuteten's für mich!

Vroni *(hat das Fenster geschlossen und kommt wieder an ihren früheren Platz).*
Geh! Was tust denn jetzt auf einmal so verzagt und kaum vor a Stund warst noch mein kuraschierter Bub, der morgen mit mir in die Berg' und dann lustig in die weit' Welt geht!

Franz *(wehmütig lächelnd).*
In die Berge?! So zerschlagen an Leib und Seele, wie ich mich fühle, kann ich ihnen nur mit den Augen beikommen! In die Welt?! Oh, als ich das sagte, war ich gesund, jetzt bin ich krank, und da ist man ein ganz andrer, Vroni – das merke ich, die Schande, die hereinbricht über unser Haus, die richtet's nun mit einemmale zugrund, die überleb ich, so wie du mich jetzt siehst, nicht – es ist wohl besser so!

Vroni.
Red nit so! Ich hätt wahrlich kein' Freud' an mein' Recht, wann du so übel dabei fahrest. Du bist der best', der liebst' Freund, den ich auf der Welt hab, ich wüßt kein' andern!

Franz.
Ich dank dir, Vroni – es ist mir recht lieb, daß du zur Stunde um mich bist, daß ich dich bitten kann: Bewahr mein Angedenken! Horch, sie haben zu läuten aufgehört und unten in der Hütten beten sie wohl noch für den, der den letzten Weg gegangen – wohin?! Ich gehe ihn gerne, wohin er

auch führt. Ich denke, wie dort unten auf dem kleinen Friedhofe – wo auch deine Mutter ruht – das stille Herz doch in einem Stückchen Heimat gebettet schliefe und wie alle Not und Schande nicht mehr daran rühren könnte. – Du wirst wohl wilde Rosen für das Grab deines Freundes haben – ihr werdet doch zu meinem Hügel kommen? – Du und der Toni, wenn ihr versöhnt seid, wenn beide Höfe in eins sind – die reichsten Bauersleut' zum Grabe des ärmsten Bauernsohnes? Du magst es ja dem Toni sagen, er wird mir diese letzte Liebe nicht neiden!

Vroni *(einen Augenblick fein lächelnd)*.
Was kümmert dich der Bub?! *(Ernst.)* Wenn er jetzt käm, von oben bis unten im goldigen G'wand wie a Prinz, und du stündst neben, wie d' da bist, in deiner verrissenen Lodenjopp', krank und schwach, ich saget ihm: „Das ist mein Freund, du nimmer!" – Siehst und so bleibet der Kreuzweghof und sein' Bäurin einschichtig! Nein, Franz, du mußt nit so traurig daherreden – leb fein fort, ich bitt dich recht schön, denk dir's aus, wie am Morgen die Berg' aufleuchten, wo du g'sagt hast, sie soll'n dir die Kinderjahr und die Heimat im Herz auffrischen mit ihrem goldigen Strahl, denk dir, wie die Morgenfrisch'n vom grünen Tann hereinweht wie a kalt' Weihrauchwolken, dieweil die Vögerln drauß 's groß' Hochamt singen, o g'wiß, Franz, nachert wirst schon wieder leb'n woll'n, es is so schön, so in die Welt neingucken, so alt und doch allmal neu bei jedem Morgenlicht und jeder Abendröten – nein, Franz, du darfst nit versterben!

Franz.
Ach, wenn das alles Traum wäre, was auf mir liegt, wenn ich's abschütteln könnt am Morgen – am lichten, heiteren Morgen, wenn ich aufwachte, sei es elternlos und ohne Erbe, weder leidend unter fremder noch eigner Sünd' und Schande – ganz auf eigne Kraft gestellt, ja dann –

Vroni.
Gelt, dann würdst doch leben woll'n?! Und schau, Franz, ich wußt nit, was ich treibet, wann d' in der Heimat bleiben wolltst! Ich wollt dich recht pflegen, daß d' mir wieder g'sund wurdst, und hätt a narrische Freud' drüber und könntst ja bei mir auf 'n Kreuzweghof bleib'n als Pfleger – und

was denkst auch nur, du hast dich doch nit versündigt, und ich möcht wissen, wer dir a Schand' nachredet', wann ich dich in Ehr' halt?! Geh, verbleib und red nix mehr vom Sterb'n!

Franz *(faßt mit den Händen nach dem Kopfe).* Vroni, um Gottes willen hör auf! Du willst mir wohl und weißt nicht, wie weh du mir dabei tust! An dieser Stätte, wo jeder Fleck eine trübe Erinnerung wie einen giftigen Stachel gegen mich herauskehrt, an dieser Stätte bietest du mir ein Gnadenbrot; eine lebende Folie deines geraden, ehrlichen, erbarmenden Herzens würde ich dort scheu herumwandeln – bemitleidet, verhöhnt, gemieden, je nachdem deine Knechte mich bedauern, hassen oder verachten! Nein, Vron' – lock mich nicht ins Leben – die Schande muß nun einmal ans Licht.

Vroni.
Sei gut, Franz, mußt nit so verwirrt reden! – Wenn ich nun träume mit dir und aufwachet am Morgen, die arm', verfolgt' Dirn' von ehnder, dein' Vatern als mein' alt' Feind, so mächtig wie früher, und nur dich g'wonnen hätt als mein' neuen Freund – könnt'st da auch versterben und mich verlassen? G'wiß nit, und ich glaub, wir zwei nähmen's dann mit der ganz' Welt auf! Franz, ich hab noch kein' kennt so ehrlich, so treu und brav wie du, der in Tod neinrennet für fremd' Recht, für a feindlich' Sach' zu sein' eigenen Schaden und Verderb; und für nix wär mir dein Leben feil! Wann ich's ließ in der ewig' Nacht, die Schand', und vertrauet dir alleinig all mein Recht! Franz, ich kauf dir 'n Tod ab, wie teuer gibst 'n und lebst mir fort bis in die Jahr' hinein, wo wir all' zwei grau' Haar' haben?

Franz *(lehnt sich zurück).*
Du red'st wild, Vroni – ich folg dir nicht – du meinst?

Vroni.
Ich mein: besser, tot' Recht wird nie lebig, als du verstirbst mir! *(Nimmt den Brief aus ihrem Mieder, betrachtet ihn gedankenvoll und hält ihn dann in die Flamme, währenddem für sich:)* Seliger Vater da drob'n! Mußt nit harb sein auf dein Dirndl, wann s' a dein und ihr Recht vergibt! Es g'hört ja jetzt doch mir allanig zu, und ich tu neam'd andern damit ein' Abbruch;

ös lieb'n Selig'n aber dort im Himmel oben könnt's doch nix dagegen haben, wenn ich nach mein' Herzen tu und nach kein' Vorteil frag auf derer lieben Welt! *(Hält den brennenden Brief von sich, seufzt dann auf.)* So – aus is! Von morg'n an braucht mich die Ahnl weder bei Tag noch nachtig zur Arbeit erst aufwecken.

Franz *(öffnet die Augen)*.
Licht! Wird's Morgen? *(Sieht das brennende Papier.)* Was hast du!

Vroni.
Is's recht? I verbrenn, was dich kränkt!

Franz *(erhebt sich, wie um es zu hindern)*.
Vroni – den Brief! – Was tust du? – Dein Beweis! – Was soll nun werden?

Vroni.
Wird, was da will, wenn nur du mir nit aus der Welt laufst!

Franz *(blickt sie überrascht an – seine Brust arbeitet heftig, er streckt den unverwundeten Arm nach ihr aus, ausbrechend:)* Vroni!!! – Du mußt mich zutiefst in die Seele hinein gern haben!

Vroni *(wie erschreckend)*.
Franz! Franz! *(Innig, indem sie an seine Brust sinkt.)* Es kann schon sein *(birgt schämig den Kopf)*, aber mußt's nit so in die Welt hinausschrein.

Franz *(faßt sie beim Kopfe, dreht sie gegen sich und blickt ihr ins Auge. Kleine Pause)*.

(Außen Gemurmel verschiedener Stimmen.)

Sechste Szene

Die Vorigen. Liese, Crescenz, Höllerer, Toni, der Großknecht und Gesinde vom Adams- und Kreuzweghof und Bauern von Ottenschlag.

Liese. *(von außen)*.
Na, so kimmt's, wann's mit ihm reden wöllt's!

(Alle treten ein.)

Höllerer.
Ah, da is er ja! – Müßt's nit verschrecken.

Crescenz *(tritt weinend Franz zur Seite)*.
Bruder!

Franz.
Was habt ihr?

Höllerer.
's ganze G'sind' vom Adamshof und vom Kreuzweghof war am Weg, Euern Vater suchen, der heut' nacht von sein' Hof wie verschwunden war – na, Ös habt's den alten Mann nit viel 'kennt und erst heut' morgen nach langem wiederg'sehn – es wird Enk nit so stark angreifen, wir haben ihn gefunden, unt' in Ottenschlag, in der Totenkammer. *(Nachdrücklich.)* Mutter Lies, neben der Leich' von dein' Tochterkind is er g'leg'n.

Franz *(tief bewegt)*.
Das war ein kurzes Wiedersehen! *(Für sich.)* Die Wunde an meiner Linken mahnt mich noch, wie ernst es ihm war, Besitz und Herrschaft festzuhalten, und jetzt – eine Handvoll Erde für deinen Kreuzweghof.

Höllerer.
Ös seid's jetzt Herr, verlaßt's halt Eure Schwester nit und denkt's fein auf die, wann mit 'n Toni was werden soll! Wenn etwa wegen der Vroni –

Franz *(führt Crescenz zu Toni)*.
Die Vroni steht nicht mehr zwischen euch, wenn das Trauerjahr um ist, führe ich sie auf den Kreuzweghof. *(Leise zu Vroni.)* Nimm mich mit auf dein Erbe, liebe Kreuzwegbäuerin; vergiß über die Liebe des jungen den Haß des alten Bauern, laß uns das Geheimnis des Toten in unsere Herzen verschließen und, auf daß ihm die Erde leicht sei, Vroni, verzeih ihm!

Vroni.
Er ruh in Frieden, Amen. *(Schmiegt sich an Franz.)* Franz, wann d' wieder frisch bist, gehst doch mit mir in die Berg', und von der höchst' Spitz'

woll'n wir nausjauchzen ins Land: Aus is's und vorbei is's, da sein neue Leut', und die Welt fangt erst an!

(Morgenleuchten, Gruppe.)